Für Paloma

Montags im Wohnwagen

Gespräche zwischen Vater und Tochter

Claus Mikosch

Text © November 2013, Claus Mikosch
Umschlagillustration © November 2013, Víctor Paiam

Herstellung & Verlag:
BoD – Books on Demand, Norderstedt
ISBN: 978-3-7322-9053-6

Montags im Wohnwagen

1

Es heißt, ein Mensch kann drei Dinge tun, um sich unsterblich zu machen: ein Kind zeugen, einen Baum pflanzen und ein Buch schreiben. Welch hoffnungsvoller, ja Mut machender Gedanke! Etwas schaffen und hinterlassen, das weiterlebt, wenn man eines Tages selbst nicht mehr da ist. Dem Tod eins auswischen und die eigene Angst vor der Endlichkeit mindern. Die Frage ist nur – kann Unsterblichkeit glücklich machen?

- -

Ben konnte bereits zwei Punkte von der Liste abhaken: Er hatte eine neunjährige Tochter und vor einigen Jahren hatte er sieben neue Kiefern in einem abgebrannten Waldstück gepflanzt. Was ihm fehlte, war das eigene Buch. Er war quasi ein Drittel entfernt von vollkommener Unsterblichkeit. Allerdings wusste er davon nichts.

Ben war ein lebensfroher Mensch. Stets versuchte er, zufrieden zu sein mit dem, was er hatte. Er durchlebte viele Höhen und Tiefen und fand das auch gut so. Manchmal fiel es ihm nicht leicht, schlechte Zeiten zu akzeptieren, aber er wusste, dass sie einfach zum Leben dazu gehörten. Denn ohne die traurigen Momente hätte er auch auf ihr Gegenteil verzichten müssen – das Gefühl, wenn er vor lauter Glück die ganze Welt umarmen konnte. Ohne Täler, keine Berge.

Eigentlich hieß er nicht Ben, sondern Benjamin, aber er hatte den Namen schon als Kind nicht wirklich gemocht. An seinem achtzehnten Geburtstag hatte er daher beschlossen, die letzten fünf Buchstaben einfach zu streichen.

Ben hatte einen runden Kopf, dicke Augenbrauen und eine etwas zu groß geratene Nase. Meistens trug er einen Hut. Warum wusste er nicht – er trug einfach gerne Hüte. Er war mittelgroß, schlank und sah aus wie Ende zwanzig. In Wahrheit ging er aber bereits auf die Vierzig zu.

Ursprünglich kam Ben aus einem kleinen Ort am linken Niederrhein. Seine Kindheit war glücklich, aber auch recht unspektakulär gewesen. Er hatte immer alles gehabt, was er für ein unbeschwertes Leben gebraucht hatte. Dennoch, oder vielleicht gerade deswegen, hatte er schon von klein auf ein ganz klares Ziel verfolgt: raus aus der deutschen Provinz! Seitdem er denken konnte, hatte er von der großen, weiten Welt geträumt. Folglich hatte es niemanden überrascht, als er nach dem letzten Schultag im Alter von neunzehn Jahren Deutschland den Rücken gekehrt hatte.

Fast ein ganzes Jahrzehnt war er unterwegs gewesen, getrieben von Neugierde und seinem Verlangen nach ständiger Veränderung. Zuerst sechs Monate in Australien, dann acht Monate in Südostasien, dann zurück nach Deutschland, um mit Taxifahren die Reisekasse aufzufüllen. Danach folgte ein Jahr in Indien, dann Südamerika, zwischendurch wieder Taxifahren, dann Mittelamerika, nochmal nach Indien, Nordafrika, Osteuropa... Es wäre vielleicht ewig so weitergegangen, wenn er nicht eines Tages versehentlich eine Spanierin ge-schwängert hätte. Einmal nicht aufgepasst und schon war die Reise zu Ende gewesen. So kam es, dass er plötzlich ein nie gewolltes Zuhause gefunden hatte; wie aus dem Nichts war es direkt vor ihm aufgetaucht: Estepona, eine verschlafene Küstenstadt in Andalusien.

Neun Monate nach seiner Ankunft in Südspanien wurde seine Tochter Lucía geboren. Nur sechs Monate später ging seine Beziehung mit Lucías Mutter, Carmen, in die Brüche. Ben begann wieder, von langen Reisen in die Ferne zu träumen, doch schnell wurde ihm klar, dass es dieses Mal bei Träumen bleiben würde. Er hatte sich einfach nicht vorstellen können, seine Tochter alleine bei ihrer verrückten Mutter zu lassen. Also hatte er sich eine eigene Zwei-Zimmer-Wohnung am Rande von Estepona gesucht und war geblieben.

Die Jahre vergingen. Nachdem er sich anfangs noch mit Gelegenheitsjobs durchgeschlagen hatte, fand Ben schließlich eine langfristige Anstellung als Fotograf bei der Lokalzeitung. Routine kehrte ein. Jede Woche fuhr er fünf Tage lang durch die Gegend und machte Fotos – von Unfällen, Politikern und öffentlichen Feiern. Von all den Dingen, die jeden Morgen in der Zeitung standen. Manchmal langweilte er sich, denn nach einiger Zeit schien sich alles zu wiederholen, selbst die Unfälle boten nur wenig Abwechslung. Da er aber gerne fotografierte und der Job relativ gut bezahlt war, änderte er nichts. Seine freien Tage verbrachte er meistens mit Lucía, und in den Ferien fuhren sie gemeinsam gen Norden, um ihre deutsche Familie zu besuchen.

Ben mochte das Leben in Andalusien, aber er wäre wahrscheinlich freiwillig nie so lange dort geblieben. Der Hauptgrund, warum er in Estepona lebte, war

Lucía. Und obwohl er die große, weite Welt hatte opfern müssen, war er doch glücklich, weil er als Vater regelmäßig Zeit mit seiner Tochter verbringen konnte.

Es gab weiterhin Höhen und Tiefen in seinem Leben, hier und da kleine Umwege, die ihn kurzfristig vom Wege abbrachten. An eine große Kreuzung, an der er rechts oder links abbiegen konnte, war er allerdings schon lange nicht mehr gekommen – seit geraumer Zeit ging es immer nur geradeaus. Eigentlich schon viel zu lange...

Wir schreiben das Jahr 2011, Ben war achtunddreißig. Fast alle Länder der Welt litten unter der Wirtschaftskrise, die Zahl der Arbeitslosen stieg rasant. Spanien war mit am härtesten betroffen.

Überall mussten Einsparungen gemacht werden, auch bei der Lokalzeitung in Estepona. Eine Weile hatte Ben Hoffnung gehegt, dass es ihn nicht treffen würde, doch Anfang November war es dann soweit: Er verlor seinen Job. Das Dumme an der Sache war, dass Ben die ganze Zeit als freiberuflicher Fotograf gearbeitet hatte, und somit hatte er kein Anrecht auf Arbeitslosengeld. Was ihm blieb, waren seine Ersparnisse – gerade mal genug, um zwei oder drei Monate ohne Einkommen durchzuhalten. Was nun?

Im Winter war es schwierig im vom Tourismus abhängigen Andalusien eine halbwegs vernünftige Arbeit zu finden. Eigentlich war es sogar fast unmöglich, überhaupt irgendeinen Job zu ergattern. Die ganze Zeit Lebensläufe verschicken und Absagen lesen, nur rumsitzen? Dazu hatte er keine Lust.

Ben begann, nach Alternativen zu suchen.

Für eine richtige Reise fehlte ihm das Geld. Sollte er vielleicht einfach einen Job in Nordeuropa suchen, wo die wirtschaftliche Situation besser war? Auf der einen Seite ja, warum nicht? Eine Veränderung hätte ihm sicher gut getan. Aber dann war da natürlich noch Lucía... Er wusste, dass er aus finanzieller Sicht einen großen Schritt nach vorne machen konnte, wenn er Andalusien verlassen würde. Doch die Angst vor einer möglichen Trennung von seiner Tochter war viel größer als die Not, so schnell wie möglich bezahlte Arbeit finden zu müssen. Gab es also noch eine andere Möglichkeit?

Langfristig brauchte Ben wieder einen Job, soviel war klar. Aber kurzfristig? Vielleicht konnte er die gewonnene Zeit ja für etwas anderes nutzen?

Ben war eine Art Hobbyphilosoph: Jemand, der es liebte, aus verschiedenen Richtungen das Leben zu betrachten und darüber nachzudenken. Er hatte schon oft mit der Idee gespielt, einige seiner Gedanken in Buchform zu bringen. Die letzten zehn Jahre war er zu sehr mit anderen Dingen beschäftigt gewesen, nun hatte er jedoch auf einmal Zeit. Die Gelegenheit war da – er musste nur nach ihr greifen. Er überlegte ein paar Tage, fand allerdings keine Ausreden oder bessere Optionen. Was hatte er schon zu verlieren?

Ben griff zu.

Damit sein Geld möglichst lange reichen würde, kündigte er seine Wohnung und zog in einen Wohnwagen. Ein befreundetes Ehepaar hatte ihm angeboten, für eine kleine Miete in ihrem alten VW-Bus zu leben.

Blieb einzig die Frage, worüber er ein Buch schreiben sollte?

Fotografie war das Thema, mit dem er sich aus beruflicher Sicht am besten auskannte. Aber er wollte weder ein technisches Buch schreiben, noch einen

Bildband veröffentlichen. Er überlegte, was er sonst noch für Erfahrungen hatte – Erfahrungen, die er irgendwie verwerten konnte. Alsbald stachen zwei Bereiche hervor: Reisen und Vaterschaft.

Während Ben also seine Wohnung auflöste, Möbel unterstellte und den alten Wohnwagen sauber machte, begann er, Ideen für eine Geschichte zu sammeln. Zu seiner Überraschung dauerte es nicht lange, bis sein Buch Form annahm: Eine abenteuerliche Reise durch Indien sollte es werden, gefüllt mit bewegenden Gesprächen der beiden Protagonisten – Vater und Tochter.

Um die fiktive Geschichte mit etwas Realität anzureichern, beschloss Ben, seine eigene neunjährige Tochter mit einzubinden. Er bat sie, sich jede Woche eine Frage zu überlegen, und ihre Fragen wollte er dann in seinem Buch verarbeiten.

Als er Lucía das erste Mal von seiner Idee erzählt hatte, war sie recht skeptisch gewesen. ‚Mein Papa, ein Buch schreiben? Wieso das denn? Kann der das überhaupt?' Doch als sie merkte, dass er es ernst meinte, willigte sie ein. Wenn es ihren Vater glücklich machte, warum nicht? Außerdem konnte sie auf diese Weise vielleicht den einen oder anderen Kinobesuch aushandeln.

Bens Buch konnte beginnen.

2

Sein Körper zuckte zusammen, als er den Bus plötzlich vor sich sah. Ben konnte noch gerade seine Zigarette wegwerfen, bevor die Tür aufging und Lucía mitsamt ihren Schulsachen rausprang. Sie wusste nicht, dass ihr Vater rauchte, und er wollte auch nicht, dass sie es wusste.

„Hey Schatz, wie geht's dir?"

„Gut."

„Wie war die Schule?"

„Gut."

„Viele Hausaufgaben auf?"

„Nö."

Lucía liebte einsilbige Antworten.

Ihre Schule war ungefähr 40 Kilometer entfernt, hoch oben auf einem Berg gelegen. Jedes Mal, wenn sie morgens den Bus verpassten und Ben sie fahren musste, überhitzte sein Wagen auf dem steilen Weg hinauf. Er fragte sich, wer die glorreiche Idee gehabt hatte, eine Schule auf einem Berg zu bauen?

Ben hatte mit Carmen vereinbart, dass Lucía ab sofort jeden Montag zu ihm kommen würde. Bisher hatten sie keinen festen Tag gehabt, da seine Arbeit viel Flexibilität gefordert hatte. Lucía lebte die meiste Zeit mit ihrer Mutter, ihrem Stiefvater und ihrem kleinen Bruder in einem anderen Ort, ungefähr eine Autostunde von Estepona entfernt. Zu weit, um nachmittags spontan mit dem Fahrrad vorbeizukommen, aber glücklicherweise nah genug, um regelmäßig Kontakt zu haben.

Montags war also von nun an ihr gemeinsamer Tag.

Ben und Lucía fuhren im Auto die fünf Minuten von der Bushaltestelle zu ihrem neuen Zuhause. Das Grundstück, auf dem der Wohnwagen stand, lag ein paar Kilometer außerhalb von Estepona auf dem Land.

Sie stiegen aus, öffneten ein großes, grünes Tor und betraten das Reich von John und Sue. Ben kannte die beiden schon seit einigen Jahren – ein sympathisches Ehepaar Mitte fünfzig, ursprünglich aus England und von Beruf Selbstversorger. Seit Anfang der Achtziger lebten sie in Südspanien. John hatte kurz nach seinem Studium ein vegetarisches Restaurant aufgemacht, ganz in der Nähe vom Londoner Finanzviertel. Nach vier Jahren harter und erfolgreicher Arbeit hatte er allerdings keine Lust mehr gehabt, weiterhin in der hektischen Großstadt zu leben. Er fand einen Käufer für sein Restaurant, nahm das Geld und setzte sich mit seiner Frau nach Andalusien ab. Im Süden angekommen, kauften sie eine alte Finca mit genügend Land für ein kleines Getreidefeld, einen großen Gemüsegarten und einen Hühnerstall – der Traum aller Hippies! Gelegentlich machten die beiden einige Nebenjobs, meistens waren sie aber irgendwo zwischen Küche und Garten zu finden.

Lucía kannte John und Sue bereits, aber trotzdem versteckte sie sich hinter dem Rücken ihres Vaters, als sie zusammen um das Haus herumgingen. Sie war von Natur aus schüchtern, wie viele Mädchen in ihrem Alter. Ihre funkelnden, braunen Augen ließen jedoch erahnen, dass es hinter der Fassade des braven Kindes auch einen Frechdachs gab – ein neunjähriges Mädchen, das genau wusste, was es machen musste, um die Erwachsenen nach ihren Wünschen tanzen zu lassen. Ein unschuldiger Blick genügte, und ihr wurden alle Türen geöffnet. Ben wollte gar nicht daran denken, wie es erst werden würde, wenn sie in der Pubertät war.

Nachdem sie von den drei Haushunden euphorisch begrüßt worden waren, gingen sie an der Terrasse vorbei und spazierten einen kleinen Abhang herunter. Rechts von ihnen befand sich ein kleiner Olivenwald, links Orangen- und Zitronenbäume und im Hintergrund die Berge der Sierra Bermeja. Dazu blauer Himmel und Sonnenschein – obwohl es mitten im Winter war, lag bereits ein Hauch von Frühling in der Luft. Unten angekommen, mussten sie nur noch an einem riesigen Feigenbaum vorbei und dann hatten sie ihr Ziel erreicht: der Wohnwagen.

Der alte VW-Bus war zwar sichtlich in die Jahre gekommen, aber er hatte nichts von seinem spätsechziger Charme verloren: Er war knallrot, mit vielen kleinen Fenstern rund herum, silbernen Radkappen und zwei großen verrosteten Außenspiegeln. Über dem rechten Vorderrad war noch der verblasste Aufkleber einer weißen Taube zu erkennen.

„Und, was meinst du?"

Beide blieben stehen und betrachteten das alte Hippiemobil. Lucía wusste noch nicht so genau, was sie von dem Umzug in einen Wohnwagen halten sollte. Ein eigenes Zimmer konnte sie sich wohl von der Backe putzen, und normaler machte die neue Situation ihren Vater auch nicht.

„Cool, oder?"

„Ist okay."

„Ist okay? Ay, der ist ja wohl super! Ich weiß, du hättest lieber einen rosafarbenen gehabt, aber das Rot ist doch auch schön. Komm, guck ihn dir mal drinnen an."

Lucía stellte ihren Schulranzen ab und folgte ihrem Vater durch die Seitentür hinein.

Es gab einen kleinen Tisch, einige Holzfächer als Stauraum, ein Bett und einen Minikühlschrank.

„Und wo gehe ich aufs Klo?"

„Draußen, unter einem der Bäume."

Lucía schaute ihren Vater erschrocken an. ‚Ich soll unter einem Baum pinkeln?'

Für einen Moment schaffte es Ben, ernst zu bleiben, doch dann konnte er ein Lächeln nicht mehr zurückhalten.

„Keine Bange, wir können das Badezimmer vom Haus mitbenutzen."

Lucía atmete erleichtert auf. Sie hätte es wissen müssen, ihr Vater machte ständig solche dummen Witze.

„Jetzt komm schon, so schlimm ist das doch nicht, oder? Wir werden hier ja nicht ewig bleiben."

Ben wusste, dass seine Tochter lieber in der netten Wohnung im Ort geblieben wäre, aber da sie die meiste Zeit sowieso bei ihrer Mutter lebte, hatte er die Entscheidung einfach ohne sie getroffen. Man musste seinen Kindern schließlich nicht bei allem volles Mitspracherecht geben.

Lucía blieb skeptisch. Da sie aber nichts an der Situation ändern konnte, zuckte sie einfach mit den Schultern und gab sich relativ gleichgültig. Ihr Magen knurrte.

„Kann ich was essen?"

„Na klar."

Zusammen gingen sie an den Obstbäumen vorbei zum Haus hinauf, um in der Küche von John und Sue zu kochen. Naja, was hieß kochen? Ein Käsebrot in den Ofen schieben und darauf warten, dass es schön knusprig wurde.

Es war ein sonniger Nachmittag Mitte Dezember. Nach dem Essen kehrten sie zum Wohnwagen zurück und machten es sich gemütlich – und zwar draußen auf zwei Korbstühlen direkt unter den kleinen Fenstern. Manchmal hatte es seine Vorzüge, im Süden zu leben. Ben musste an Deutschland denken: Bei minus acht Grad gab es dort um diese Jahreszeit nur noch die Eisbären im Zoo, die freiwillig an der frischen Luft blieben.

Lucía breitete ihre Schulhefte auf einem runden Glastisch aus, der zwischen den beiden Korbstühlen stand. Obwohl sie erst in der dritten Klasse war und meistens gerne in die Schule ging, fand sie es schrecklich doof, Hausaufgaben machen zu müssen. Aber was sollte sie schon sagen? Noch so eine Sache, an der sie nichts ändern konnte.

Ben saß ihr gegenüber und kritzelte in einem Notizbuch. Er sammelte Ideen für seine Geschichte.

„Hey, hast du dir eigentlich eine Frage überlegt?"

Lucía schaute von ihrem Matheheft hoch und starrte ihren Vater an. ,Mist', daran hatte sie gar nicht mehr gedacht. Sie kniff ihre Lippen zusammen und schüttelte den Kopf.

„Ich kann mir aber schnell eine ausdenken."

„Kein Problem, mach ruhig erst deine Hausaufgaben zu Ende."

Doch Lucía hatte bereits begonnen, nach einer Frage zu suchen. Es war eine willkommene Ablenkung von ihren Multiplikationsübungen. Während Ben sich wieder seinem Notizbuch zuwendete, dachte sie nach. Einige Minuten ließ sie ihren Blick umher schweifen, dann tauchte auf einmal eine Frage direkt vor ihren Augen auf.

„Papa, warum wohnst du in einem Wohnwagen?"

Ben guckte sie überrascht an.

Als er die Entscheidung getroffen hatte, seine Wohnung aufzugeben und vorerst in den alten VW-Bus zu ziehen, hatte er Lucía von dem bevorstehenden Umzug berichtet. Natürlich war der Wohnwagen ein Rückschritt, was Komfort anging. Aber Ben wollte einfach nicht seine gesamten Ersparnisse dafür ausgeben, die nächsten Monate deprimiert in einer Wohnung zu sitzen. Eine Wohnung, die ohnehin viel zu groß für ihn gewesen war. Er hatte kalkuliert, dass er durch die geringeren Kosten mindestens sechs Monate auskommen würde. Vier Monate als Schriftsteller, und dann noch zwei Monate, um einen neuen Job zu finden.

„Das hab ich dir doch erzählt, oder?"

„Was, dass du kein Geld hast?"

„Naja, ich habe schon etwas Geld, aber ich gebe es momentan lieber für etwas anderes aus als für eine teure Wohnung. Ich kaufe mir quasi Zeit, um ein Buch schreiben zu können."

Lucía verstand, was er sagte. Ihre Frage war jedoch eine andere.

„Ja, aber warum ein Wohnwagen? Du könntest dir doch auch ein kleines Zimmer mieten."

„Klar könnte ich das. Aber weißt du, das hat sich einfach so ergeben. Und da ich noch nie in einem Wohnwagen gewohnt habe, und du übrigens auch nicht, dachte ich, wir könnten das mal ausprobieren."

Ben probierte gerne neue Sachen aus. Er fand, das Leben war zu vielseitig, um immer das Gleiche zu machen. Insofern war er sogar froh, dass die Zeitung ihm gekündigt hatte.

Sie guckten sich einen Moment schweigend an. Lucía wollte etwas sagen, zögerte aber. ‚Vielleicht ist das keine gute Idee...', dachte sie. Doch dann hörte sie auf, nachzudenken, und machte einfach den Mund auf:

„Mama sagt, du spinnst."

Zack!, das hatte gesessen. Da war er also, der wahre Grund für ihre Frage. Ben riss sich zusammen und blieb ruhig – seiner Tochter zuliebe.

„Ach, tut sie das?"

Lucía nickte verlegen. Ihr Vater starrte sie mit leichtem Entsetzen an. Er war sich bewusst, dass die spanischen Familienmitglieder seiner Tochter die Nase gerümpft haben mussten, als sie von seiner Absicht gehört hatten. ‚Ein Buch schreiben? In einem Wohnwagen? Der Idiot hat sie doch nicht mehr alle!' Ben konnte förmlich sehen, wie Carmen die Augen verdreht hatte. Und Lucía mittendrin.

„Vielleicht hat sie ja Recht. Sie spinnt ja schließlich auch manchmal. Und weißt du was? Das ist auch gar nicht schlimm. Ich finde, jeder sollte mal spinnen dürfen. Ich tue ja keinem weh. Und nur weil deine Mutter nicht in einen Wohnwagen ziehen würde, heißt das ja noch lange nicht, dass das schlecht sein muss. Oder?"

Lucía hörte aufmerksam zu. Was ihr Vater sagte, machte Sinn. Aber das Wichtigste für sie war, dass er nicht böse geworden war. Obwohl er fast nie böse wurde, war sie sich in manchen Situationen nicht sicher, wie er reagieren würde. Das gerade war so eine Situation gewesen.

„Könnte doch sogar ganz lustig werden, in einem Wohnwagen zu leben."

Ben zeigte keinerlei Anzeichen von Verärgerung. Lucía war erleichtert. Ihre Mutter verlor leider viel zu schnell ihr spanisches Temperament, bestimmte Dinge erzählte sie ihr deswegen gar nicht mehr. Mit ihrem Vater war das alles einfacher.

„Weißt du Papa, die Mama spinnt echt manchmal. Ihr spinnt beide!"

Sie mussten lachen.

Ben begann, zu überlegen – irgendwie musste er seiner Tochter das Leben in einem Wohnwagen doch schmackhaft machen können.

„Hey, das Gute ist zum Beispiel, dass man hier nie lange suchen muss, wenn man etwas braucht – kann ja nicht weit weg sein! Und aufräumen muss man auch nicht viel."

„Ja, und man kann sein Haus überall hin mit-nehmen."

„Klar."

„Wie eine Schnecke", stellte Lucía fest.

„Genau, wie eine Schnecke."

Blieb nur zu hoffen, dass der Motor noch funktionsfähig war.

Lucía begutachtete das neue Zuhause ihres Vaters. Vielleicht konnte es ja wirklich ganz lustig werden, zumindest für eine Weile.

„Papa, gibt es eigentlich Leute, die immer in einem Wohnwagen leben?"

„Klar, viele Leute machen das."

„Warum denn? Weil die kein Geld haben?"

Ben schüttelte den Kopf.

„Das Leben in einem Wohnwagen ist ja auch nicht umsonst. Außerdem ist es nicht immer eine Frage des Geldes – manche Leute verreisen halt gerne, und manche sogar so viel, dass so ein Schneckenhaus für sie am besten ist. Es gibt zum Beispiel viele alte Leute, die noch ein Stückchen von der Welt sehen wollen, bevor sie sterben. Also kaufen sie sich einen Wohnwagen und fahren einfach drauf los."

„Und wo tun die dann ihre ganzen Sachen hin?"

„Was denn für Sachen?"

„Na, Kleider und Bücher und Schuhe..."

Lucía schaute sich um. Es gab überhaupt keinen Platz, um alles, was sie besaß, mitnehmen zu können.

„Tja, da muss man eben mit weniger auskommen. Aber wenn man auf Reisen ist, braucht man ohnehin nicht viel."

Lucía blieb skeptisch. Sie versuchte, sich vorzustellen, ständig unterwegs zu sein.

„Wie waschen die sich denn dann? Oder waschen die sich etwa nie?"

„Na klar, waschen die sich. Es gibt ja auch viel größere Wohnwagen als den hier, mit Dusche, Küche und sogar Fernsehen."

„Wow! Warum haben wir nicht so einen?"

„Wozu denn? Wir brauchen doch kein Fernsehen, oder?"

Ben zwinkerte ihr mit einem Auge zu. Natürlich wusste er, dass seine Tochter liebend gerne einen Wohnwagen mit Fernsehgerät gehabt hätte. Aber er selbst guckte so gut wie nie und Lucía bekam ohnehin schon eine tägliche Überdosis bei ihrer spanischen Familie. Das musste reichen.

„Weißt du, es gibt auch Leute, die müssen aus beruflichen Gründen oft den Ort wechseln. Ein Straßenmusiker zum Beispiel. Für den ist es doch viel praktischer, in einem Wohnwagen zu leben."

Lucía verzog ihr Gesicht.

„Straßenmusiker ist doch kein Beruf!"

„Warum denn nicht? Wenn man gut ist, verdient man da mehr, als wenn man den ganzen Tag im Supermarkt hinter der Kasse steht."

„Ich glaube, Mama hätte es lieber, wenn du im Supermarkt arbeitest als auf der Straße Musik zu machen."

„Das kann schon sein."

„Und in einen Wohnwagen würde sie auch nie ziehen."

„Ich weiß", seufzte Ben.

„Papa, irgendwann ziehen wir aber wieder in eine Wohnung, oder?"

Lucía klang leicht besorgt.

„Ja, machen wir. Jetzt sind wir aber erst einmal hier. Also, genieße es! Wer weiß, wie oft du in deinem Leben in einem Wohnwagen wohnen wirst."

3

Einige Tage später half Ben seinem neuen Vermieter, dessen Auto zu reparieren. John lag unter seinem uralten Golf und Ben gab ihm das benötigte Werkzeug an. Er selbst verstand von Automechanik ungefähr genau so viel wie die meisten Frauen von Fußball: nichts! Ihn interessierten Autos einfach nicht, er benutzte sie lediglich, um von A nach B zu kommen. Bei John war das anders: Wie es sich für einen guten Selbstversorger gehörte, hatte er den alten Dieselmotor so umgewandelt, dass er mit recyceltem Pflanzenöl fahren konnte. Das war nicht ganz legal, funktionierte aber prima. Anstatt Benzin tankte er also Frittenfett.

„Hammer."

Ben reichte ihm den Hammer.

„Kreuzschrauber."

Er wühlte in der Werkzeugkiste rum, fand aber keinen.

„Geht auch ein flacher Schraubenzieher?"

„Nee. Guck mal auf dem Beifahrersitz, vielleicht liegt er da."

In der Tat, dort lag er. Ben hörte, wie John unter dem Wagen rumhämmerte und hier und da stöhnte. Nur seine Füße guckten raus.

„Gib mir mal die Schlauchklemmenzange?"

„Was?"

„Die Schlauchklemmenzange, mach schon."

Ben hatte keine Ahnung, wonach er suchen sollte.

„Ähm..."

„Vergiss es!"

John kam herausgekrochen. Sein Gesicht war so schwarz, als wäre er gerade aus einem Guerillakrieg zurückgekehrt.

„Ihr jungen Leute kennt euch wohl nur noch mit dem ganzen Computerscheiß aus."

Er zündete sich eine Zigarette an.

Ben zuckte mit den Schultern. Mit Computern kannte er sich tatsächlich besser aus.

„Hey John, fährt der Wohnwagen eigentlich noch? Ich glaube, Lucía würde damit gerne mal einen Ausflug machen."

„Klar. Kann sein, dass die Batterie keinen Saft mehr hat, aber probiers´ einfach. Der Schlüssel steckt."

„Du lässt einfach den Schlüssel stecken?"

„Wer soll den denn klauen? Ist ja schließlich kein Porsche."

John schüttelte ungläubig den Kopf. Warum alle immer Angst hatten, dass ihnen jemand etwas wegnehmen könnte.

„Warte, ich komme eben mit."

Zusammen gingen sie zum Wohnwagen runter und setzten sich vorne rein. John nahm den Gang raus und drehte den Schlüssel. Nichts. Noch ein Versuch, doch wieder blieb es totenstill.

„Tja, hatte ich mir gedacht, die Batterie ist platt. Aber kein Problem, wenn du irgendwann eine Runde drehen willst, sag mir einfach Bescheid, ich habe ein Starterkabel."

„Danke!"

„Bitte! Und denk dran: Der hier fährt auch mit Frittenfett. Du musst nur aufpassen, wenn Bullen hinter dir sind. Also nicht so viel Gas geben, sonst riecht das, als würde eine Pommesbude vorne weg fahren."

„Okay."

Ben klang nicht sonderlich überzeugt. Vielleicht

konnte das mit dem Ausflug noch etwas warten.

Am folgenden Montag kam Lucía wieder zu Besuch. Nachdem sie ihre Hausaufgaben gemacht hatte, zog sie zu allererst die ungeliebte Schuluniform aus – es war das offizielle Ende ihres Arbeitstages. Sie schlüpfte in eine gemütliche Jogginghose und einen rosa Kapuzenpulli, und dann verbrachte sie den Rest des Nachmittags damit, gemeinsam mit ihrem Vater die kleine Farm von John und Sue zu erkunden.

Vor allem die Tiere hatten es Lucía angetan. Neben den drei Hunden gab es zwei Katzen, zwei Ziegen, ein Pferd, einen Esel, vier Enten und zwanzig Hühner, die fleißig Eier legten. Dazu kam ein Teich mit bunten Fischen und ein grauer Papagei, der von morgens bis abends den Esel imitierte. Für Ben grenzte es an ein Wunder, dass noch niemand dem nervigen Vogel den Hals umgedreht hatte.

Außer den Tieren gab es noch ein weiteres Highlight für Lucía: zahlreiche Obstbäume, auf denen sie nach Lust und Laune klettern konnte. In dem Haus ihrer Mutter gab es keine Bäume, noch nicht einmal in der Nähe. Und die Erlaubnis zum Klettern hätte sie sowieso nicht bekommen – sie könnte sich ja schmutzig machen und zu gefährlich war es auch. Ben war das alles ziemlich egal. Wenn sich Lucía eines Tages das Genick brechen würde, stünde er natürlich dumm da, aber das Risiko nahm er in Kauf. In seiner Kindheit war er schließlich auch auf Bäumen rumgeklettert, warum sollte er nun seiner eigenen Tochter diesen Spaß verwehren? Außerdem konnte es eine lehrreiche Erfahrung sein, runter-zufallen und dann wieder aufzustehen. Besser jedenfalls, als eine Phobie vor Bäumen zu entwickeln.

Nach und nach freundete sich Lucía also mit dem neuen Zuhause ihres Vaters an. Als es Abend wurde, zogen sie sich in den Wohnwagen zurück und ließen den Tag ruhig ausklingen. Lucía saß an dem kleinen Tisch und malte ein Bild, Ben lag auf dem Bett und wartete auf neue Inspirationen für sein Buchprojekt — stets mit seinem Notizblock in Reichweite, um aufkommende Gedanken schnell einfangen zu können.

Es klopfte an der Tür. Sue kam hereinspaziert.

„Na ihr beiden, wie geht's euch?"

Sie guckte Lucía freundlich an, in Erwartung einer Antwort.

Lucía hob kurz den Kopf, zwang sich zu einem höflichen Lächeln und widmete sich wieder ihrem Bild.

„Besser nicht stören", kommentierte Ben mit einem Kopfschütteln. „Uns geht's gut, danke."

Sue stellte einen kleinen Teller mit Weihnachtsgebäck auf den Tisch.

„Ich wollte fragen, ob Lucía am Freitag bei dem Krippenspiel mitmachen will?"

„Was für ein Krippenspiel?"

„Wir machen das jedes Jahr, ein Live-Krippenspiel mit den Kindern von Freunden und Nachbarn. Ich dachte, Lucía könnte einer von den Engeln sein."

„Sie ist aber nicht wirklich ein Engel..."

Lucía gab ihrem Vater einen bösen Blick. Sie hatte alles genau gehört, was mal wieder typisch für sie war – so tun, als wäre sie schwer beschäftigt, nur um die Gespräche der Erwachsenen belauschen zu können.

„Also gut, hast du Lust, ein Engel zu sein?"

Lucía nickte, natürlich hatte sie Lust. Warum sollte sie sich das entgehen lassen wollen? Sie war schon immer eine begeisterte Schauspielerin gewesen, und vor allem liebte sie es, sich zu verkleiden.

Ben musste noch mit Carmen sprechen, da das Krippenspiel am folgenden Freitag sein würde, einen Tag vor Heiligabend. Freitags war Lucía normalerweise nicht bei ihm in Estepona, es sollte aber kein Problem sein.

Sue blieb noch etwas und unterhielt sich mit Ben, dann verabschiedete sie sich und ging zum Haus zurück. Es war mittlerweile fast neun – Zeit für Lucía, sich fürs Bett fertig zu machen.

„Muss ich mir heute die Zähne putzen?"

„Nö, musst du nicht. Dann isst du aber ab sofort keine Kekse mehr, keine Schokolade, keine Bonbons und auch sonst nichts, wo Zucker drin ist."

Lucía drehte sich wortlos um und verließ den alten VW-Bus in Richtung Badezimmer. Ein frischer Wind wehte ihr um die Ohren. Sie fand, es war viel zu kalt, um jetzt noch durch die Nacht spazieren zu müssen, nur um sich die Zähne zu putzen. Während sie leicht beleidigt vor sich hin stapfte, blickte sie auf einmal nach oben und blieb sofort wie angewurzelt stehen: Tausende Sterne strahlten sie an, wie unzählige kleine Lampen. Sie hatte noch nie so viele Sterne auf einmal gesehen! Lucía war völlig beeindruckt und starrte wie hypnotisiert in den funkelnden Nachthimmel.

Drei Minuten später kam sie wieder in den Wohnwagen gestürmt.

„Papa, ich hab eine Sternschnuppe gesehen!"

„Wow!"

„Eine ganz große!"

„Siehst du, ist doch gar nicht so schlecht, auf dem Land zu leben. Weißt du eigentlich, warum man die Sterne hier so gut sieht?"

Lucía schüttelte den Kopf.

„Weil hier um uns herum alles dunkel ist. In der Stadt gibt es viel zu viele Lichter am Boden: Straßenlampen, Autolichter, Häuser, beleuchtete Geschäfte – da sieht man die Sterne fast gar nicht. Von hier drinnen kannst du zum Beispiel auch nichts sehen."

Sie schaute durchs Fenster nach draußen und sah nur eine große schwarze Wand am Himmel. Man konnte in der Tat keinen einzigen Stern sehen.

„Und die Zähne?"

„Schon fertig."

Ben gab ihr einen skeptischen Blick.

„Echt!"

Lucía log natürlich wie gedruckt, bis zum Badezimmer hatte sie es gar nicht geschafft. Aber hier und da eine kleine Lüge, was machte das schon? Außerdem hatte sie ja auch keinen Keks gegessen.

Sie zog ihren Schlafanzug an und machte es sich im Bett gemütlich. Ben saß neben ihr, mit dem Rücken an die Wand gelehnt, und blätterte in seinem Notizbuch.

„Hast du dir eigentlich dieses Mal eine Frage überlegt?"

Lucía schluckte. ‚Mist, schon wieder vergessen.' Was konnte sie ihn jetzt auf die Schnelle fragen? Sie drehte sich kurz weg, damit ihr Vater sie nicht sehen konnte, und machte die Augen zu. Das erste, was ihr in den Sinn kam, war der Sternenhimmel. Dann dachte sie an das Krippenspiel, bei dem sie einen Engel spielen würde. ‚Ah, ich weiß was.' Sie drehte sich wieder um und guckte zu Ben hoch.

„Glaubst du an den Weihnachtsmann?"

Ben nahm den Blick von seinen Notizen und guckte Lucía verdutzt an. Mit dieser Frage hatte er nicht gerechnet.

„Und du? Glaubst DU an ihn?"

„Nee Papa, ich habe zuerst gefragt."

Scheiße, was sollte er jetzt antworten?

„Manchmal."

„Manchmal?"

Lucía klang empört. Die Antwort war in der Tat völlig daneben gewesen. Ben ergriff ein leichtes Gefühl von Panik.

„Also...", setzte er an, doch er blieb direkt wieder stecken. Er flüchtete sich in die Vergangenheit:

„Früher, als ich so alt war wie du, habe ich an den Weihnachtsmann geglaubt, ja. Und dann..."

Ben wusste nicht, wie er den Satz zu Ende bringen sollte. Seine Tochter musste ihm zu Hilfe kommen.

„Und dann hast du nicht mehr an ihn geglaubt."

Sein Schweigen bestätigte ihre Vermutung. Lucía war natürlich ein wenig enttäuscht, aber sie hatte sich das schon fast gedacht.

„Die meisten meiner Schulfreunde glauben auch nicht an ihn. Aber mir ist das egal – ich glaube trotzdem an den Weihnachtsmann. Denn wenn man an ihn glaubt, dann gibt es ihn auch."

„Klar, warum nicht? Wenn ich so darüber nachdenke – irgendwo müssen schließlich die ganzen Geschenke herkommen..."

Ben biss sich auf die Zunge – ‚wieder so ein schlechter Kommentar!' Als ob seine Tochter noch nie gesehen hätte, wie die Erwachsenen in der Vorweihnachtszeit heimlich umher schlichen und durchsichtige Tüten mit bunten Päckchen durchs Haus trugen. Aber seine Sorge war unbegründet.

„Die Geschenke sind auch viel zu teuer, soviel Geld haben die Eltern gar nicht. Und natürlich braucht der Weihnachtsmann Leute, die ihm helfen. Der kann das ja nicht alles alleine machen. Und nach

Afrika kommt er zum Beispiel gar nicht, das ist nämlich viel zu weit."

„Wieso ist Afrika zu weit? Wer hat dir das denn gesagt?"

„Meine Oma."

„Aha."

Ben war wieder kurz davor, sich innerlich aufzuregen. Doch dann musste er zugestehen, dass er auch keine bessere Idee hatte. Wie konnte man schließlich einer Neunjährigen erklären, dass die Kinder in Afrika keine Geschenke bekamen, ohne dabei die Existenz vom Weihnachtsmann zu gefährden? Oder sollte er ihr einfach sagen, dass alles nur erfunden war? Eine schöne Geschichte, mehr nicht. Vielleicht war Lucía mittlerweile alt genug, um die Wahrheit zu erfahren.

Er zögerte. Fantasie oder Realität, was sollte er fördern? Ben fühlte sich hin- und hergerissen. Er zweifelte, überlegte und wägte ab, doch er konnte sich einfach nicht entscheiden. Dann erlöste ihn Lucía von seinem inneren Kampf.

„Mit dem Weihnachtsmann ist das wie mit den Sternen, Papa – die meisten Leute können sie nicht sehen, aber es gibt sie trotzdem."

Ben lächelte und hielt den Mund. Wieso sollte er die mit so viel Zauber gefüllte Illusion seiner Tochter einfach zerstören? Nein, das brachte er nicht übers Herz. Und hatte sie nicht sogar Recht? War es verkehrt, an etwas zu glauben, das einen glücklich machte?

Vielleicht gäbe es viel weniger traurige Menschen, wenn nicht alle ständig versuchen würden, Realität und Fantasie strikt voneinander zu trennen. Ob es der naive Glaube an den Weihnachtsmann war, das blinde Vertrauen in die eigenen Träume oder gar die utopische Vorstellung einer heilen Welt – die Kraft und die Freude, die das Glauben dem Leben gab, waren echt.

Vier Tage später fand das Krippenspiel statt. Auf dem Rasen neben dem Haus hatten sich zwölf Kinder versammelt – die Jungen als Hirten verkleidet, die Mädchen als Engel. Lucía war auch dabei, sie war eine der Ältesten. Ein kleines Baby lag auf einem Strohballen und spielte Jesus, Fackeln brannten in der Abenddämmerung. Ab und an wurde ein Lied gesungen, es gab Räucherstäbchen und Zimtsterne. Kurzum: Die Stimmung hätte weihnachtlicher nicht sein können.

Drei Mütter hatten die Rolle der heiligen Könige übernommen, weil sich keiner der Väter dazu bereit erklärt hatte. Sie zogen es vor, in der Nähe von dem großen Glühweintopf zu bleiben. Laut den Frauen konnten die Männer dort wenigstens keinen Schaden anrichten. Ben stand natürlich auch dabei.

Alles verlief reibungslos, bis der Überraschungsgast seinen Auftritt hatte.

Das Krippenspiel war gerade zu Ende gegangen, da ertönte auf einmal eine laute Trompete und aus dem Orangenbaumwald kam der Weihnachtsmann angeritten – auf einem Esel! Über seiner rechten Schulter baumelte ein großer roter Sack, und aus seinem Mund hörte man ein regelmäßiges ‚ho-ho-ho'. Die Kinder fingen sofort an, vor Freude zu schreien, und liefen allesamt auf den Glück bringenden Reiter zu. Was sie nicht bemerkten, war, dass der Weihnachtsmann große Mühe hatte, sein Gleichgewicht zu halten.

„Wie viel Glühwein hat John getrunken?", wollte eine der besorgten Mütter von Ben wissen.

„Wahrscheinlich zu viel."

Genau so war es. John hatte bereits seit Mittags ununterbrochen gesoffen, erst Bier, dann einige Schnäpse und schließlich diverse Becher Glühwein. Hinzu kam, dass der Esel einen ziemlich mürrischen Tag erwischt hatte. John versuchte verzweifelt, zwischen dem aufmüpfigen Tier, dem baumelnden Schultersack und seinem eigenen Schwindel die Balance zu finden. Bis zehn Meter vor die Krippe hatte er es irgendwie geschafft, doch dann verlor er plötzlich die Kontrolle. Kurz bevor die Kinder ihn erreichten, wankte er auf einmal stark nach links, und als er mit Schwung wieder in die Mitte zurückkam, blieb der Esel plötzlich mit einem Ruck stehen. John konnte sich nicht mehr halten und flog rechts am Kopf des Esels vorbei in Richtung Rasen. Er landete seitwärts mit einem lauten Krachen auf dem roten Sack. Die Kinder blieben sofort stehen und starrten erschrocken auf das Bild, das sich ihnen bot: Der Weihnachtsmann war direkt vor ihren Augen auf den Geschenkesack geknallt!

Einige Erwachsene kamen sofort angerannt, um zu sehen, wie es dem verunglückten Reiter ging. Sie drehten ihn auf den Rücken und befürchteten schon das Schlimmste, doch sie erlebten eine Überraschung: Sie sahen in ein lachendes Gesicht, das sie mit einem hustenden ‚ho-ho-ho' begrüßte. John ging es bestens – er war so betrunken, dass er den Aufprall nicht einmal richtig gespürt hatte.

Die Kinder hatten den Schock leider nicht so gut verkraftet. Fast alle waren weinend zu ihren Eltern gelaufen, entsetzt darüber, dass dem Weihnachts-mann so etwas hatte passieren können. Vor allem trauerten sie natürlich um all das Spielzeug, das den Sturz nicht überlebt hatte. Nur Lucía war schweigend am Unfallort stehen geblieben. Ben ging zu ihr rüber.

„Alles klar?"

Sie nickte.

„Das war gar nicht der Weihnachtsmann, das war John."

„Ja, sieht so aus."

Lucía schüttelte verständnislos den Kopf.

„Das nächste Mal sollte der Weihnachtsmann lieber nicht mehr mit John zusammen arbeiten."

Ben musste lachen.

„Ja, oder vielleicht sollte er ihm einfach sagen, dass er vorher nicht so viel Glühwein trinken soll."

4

Die restlichen Weihnachtstage verliefen ruhig. Über Neujahr fuhr Lucía eine Woche mit ihrer spanischen Familie nach Frankreich zum Skifahren. Ben blieb in Estepona und verbrachte die meiste Zeit im Wohnwagen.

Am ersten Januar fing er endlich an, sein Buch zu schreiben. Trotz aller Prophezeiungen, dass 2012 die Welt untergehen würde, fand Ben, dass es ein gutes Jahr war, um ein neues Projekt zu beginnen. Einen ganzen Monat lang hatte er Ideen gesammelt, sich Notizen gemacht, im Internet recherchiert und sich Namen für seine fiktive Geschichte ausgedacht. Er hatte sogar seine alten Dias aus dem Lager gekramt, um die Erinnerungen an Indien aufleben zu lassen. Der nächste Schritt war nun, die ganzen verschiedenen Puzzlesteine zusammenzufügen.

Ben hatte alles perfekt vorbereitet: Wasser, Tee und Kekse griffbereit; Tabak, Aschenbecher und ein funktionierendes Feuerzeug direkt neben der Tastatur, dazu etwas ruhige Hintergrundmusik. Allen potenziellen Besuchern hatte er abgesagt und die Tür vom Wohnwagen war zu. Sein Computer war ebenfalls startklar.

Um kurz nach drei setzte er sich hin und begann.

‚Es war einmal...'

Nein, das war zu offensichtlich. Er löschte es direkt wieder.

‚Am zweiten Juli bestiegen sie das Flugzeug...'

Auch nicht wirklich. Er überlegte einen Moment.

‚Als sie in Indien ankamen...'

Hm... Vielleicht.

Für die ersten fünf Sätze brauchte Ben eine halbe

Stunde. Die nächsten fünf schaffte er dann aber schon in einer Viertelstunde, und nach neunzig Minuten hatte er fast zwei Seiten voll. Er lehnte sich zufrieden zurück und drehte sich eine Zigarette.

‚Läuft ja richtig gut!'

Während er den Wohnwagen vollqualmte, las er, was er geschrieben hatte. Leider fand er das meiste auf einmal nicht mehr so gut. ‚Das hört sich irgendwie alles Mist an', und Sinn machte es auch keinen. Er beschloss, nur die ersten beiden Paragraphen stehen zu lassen und den Rest zu löschen. Ärgerlich, aber was sollte er sonst machen? Die Zigarette landete im Aschenbecher und Ben begann wieder fast von vorne.

In diesem Tempo ging es die nächsten sieben Stunden weiter. Ben schrieb sich in einen Rausch, kam aber nur langsam voran. Immer wieder musste er Rückschläge einstecken, wenn ihm seine eigenen Worte plötzlich nicht mehr gefielen. Es war frustrierend und schrecklich Energie raubend. Noch vor Mitternacht fiel Ben erschöpft ins Bett.

Am nächsten Morgen setzte er sich sofort wieder an den Computer. Er schrieb eine Weile, blieb hängen, rauchte eine Zigarette, dachte nach und löschte die Hälfte wieder. Manchmal löschte er auch weit mehr als die Hälfte. Und dann begann der Kreislauf wieder von neuem.

Eine Woche verging. Nach fünf Tagen hatte er stolze zwei Kapitel geschafft, doch die letzten beiden Tage war er fast verzweifelt. Die verdammte erste Seite vom dritten Kapitel blieb einfach weiß. So sehr er sich bemühte – er fand einfach nicht die richtigen Worte, um die große Leere zu füllen. Seine letzte Hoffnung war die Tatsache, dass es Sonntag war und Lucía am nächsten Tag kommen würde. Er brauchte ganz dringend eine Pause. Und vielleicht konnte sie ihm ja sogar neue Inspirationen geben – schließlich spielte sie eine der Hauptrollen in seinem Buch.

Lucía saß im Bus nach Estepona und schaute aus dem Fenster. Sie dachte über ihren Skiurlaub nach. Die Woche in den französischen Alpen hatte ihr viel Spaß gemacht, sie liebte es, auf den schneebedeckten Bergen talwärts zu gleiten. Was sie allerdings sehr gestört hatte, war das Sprachproblem gewesen: Sie hatte sich mit den meisten Kindern aus dem Skiort nicht richtig verständigen können, da fast alle nur Französisch gesprochen hatten. Natürlich hatte sie mit ihnen Fangen gespielt, denn dafür reichte auch Zeichensprache. Aber sie war schließlich nicht mehr drei oder vier, sondern bereits neun Jahre alt! Ein Alter, in dem sie sich mit ihren Freunden auch unterhalten wollte – über Filme, Weihnachtsgeschenke und Probleme mit den nervigen Geschwistern; über zerstrittene Eltern, dumme Streiche und lustige Schulausflüge. Und manchmal sogar über Jungs.

Sie selbst sprach Deutsch und Spanisch. Mit ihrem Vater und dessen Familie redete sie nur auf Deutsch, mit allen anderen in ihrer Muttersprache. Für sie war es völlig natürlich, zwischen beiden Sprachen zu wechseln. Von Französisch hatte sie allerdings keinen blassen Schimmer. Sie war enttäuscht, denn nur mit Zeichensprache hatte sie keine wirklichen Freundschaften schließen können. Wieso musste das eigentlich alles so schwierig sein? Kein Wunder, dass es Kriege zwischen verschiedenen Ländern gab, wenn niemand den anderen verstand.

Als Lucía an der Bushaltestelle ankam, wartete Ben bereits. Meistens war er ein paar Minuten zu spät, so dass der ganze Bus aufgehalten wurde. Ben lebte einfach schon zu lange in Andalusien, seine deutsche Pünktlichkeit hatte er fast vollständig verloren. Zusammen fuhren sie nach Hause und widmeten sich wie immer zuerst dem Mittagessen und anschließend den Hausaufgaben. Gegen fünf Uhr kam Sue vorbei und fragte, ob ihr jemand im Garten helfen wollte. Da die beiden keine anderen Pläne hatten, sagten sie ja. Etwas frische Luft und körperliche Betätigung würde ihnen mit Sicherheit gut tun. Ben verbrachte somit den Rest des Nachmittags damit, Unkraut zu jäten – nicht gerade seine Lieblingsbeschäftigung, aber die Beete hatten eine Reinigung dringend nötig. Lucía hatte bei der Arbeitszuteilung etwas mehr Glück gehabt: Sie musste Calendula Blumen abschneiden und in zwei Körben nach gelben und orangen sortieren. Während ihr Vater wenige Meter entfernt im Dreck kniete, saß sie gemütlich in der Hocke und summte ein Lied vor sich hin. Auf einmal erinnerte sie sich wieder an die Verständigungsprobleme, die sie mit den anderen Kindern im Skiurlaub gehabt hatte.

„Papa, ich hab eine Frage für dich.“

„Oh, prima. Schieß los!“

Ben war gerade dabei, wie besessen das Unkraut zu massakrieren.

„Warum sprechen nicht alle die gleiche Sprache?“

Erst jetzt stoppte er seinen erbitterten Feldzug.

„Puh... Das ist in der Tat eine gute Frage.“

Er wischte sich den Schweiß von der Stirn.

„Das hat sich einfach so entwickelt, denke ich. Genauso wie es Menschen mit heller und mit dunkler Haut gibt, werden halt auch verschiedene Sprachen gesprochen.“

„Aber es wäre doch viel einfacher, wenn es nur

eine Sprache gäbe. Dann könnten alle miteinander reden, ohne Probleme."

„Das stimmt."

Ben wusste genau, was seine Tochter meinte. Es war frustrierend, wenn man sich nicht richtig verständigen konnte. Vor vielen Jahren, auf einer Reise durch Südostasien, hatte er fast eine Woche in einem Gefängnis in Malaysia verbracht. Er war erwischt worden, als er in einem heiligen Tempel heimlich Fotos gemacht hatte. Das Schlimmste für ihn war gewesen, dass er mit den vier Mitinsassen seiner Zelle nicht hatte reden können. Tag und Nacht nur Schweigen! Wer weiß, wenn alle die gleiche Sprache gesprochen hätten, wäre vielleicht die eine oder andere Freundschaft entstanden. Zumindest wäre die Zeit schneller vergangen.

„Aber stell dir vor, wenn es nur eine einzige Sprache gäbe, das wäre doch auch langweilig."

Lucía dachte einen Moment nach.

„Vielleicht sollte es einfach eine Sprache geben, die alle sprechen müssen. Spanisch zum Beispiel."

„Da muss ich dich enttäuschen: Englisch können viel mehr Leute."

Sie verzog das Gesicht.

„Also ich kann's nicht."

„Ja, aber das lernst du schon noch."

Es war in der Tat wichtig, dass Lucía alsbald Englisch lernen würde. Viele von Bens Freunden konnten weder Deutsch noch Spanisch – das war dann immer anstrengend, wenn sie alle zusammen waren. Einer fühlte sich immer ausgeschlossen, entweder Lucía oder der Besuch. Und Ben hatte natürlich auch keine Lust, immer alles simultan übersetzen zu müssen. Selbst auf seine Frauenwahl hatte die Sprachsituation Auswirkungen: Er hatte sich geschworen, keine Beziehungen mehr einzugehen mit Frauen, die nur eine Sprache konnten. Das war ihm einfach zu kompliziert! Konnte sie nur Englisch, war eine Kommunikation mit Lucía unmöglich; konnte sie nur Spanisch, war es schwierig mit seiner Familie und vielen Freunden; und wenn sie nur Deutsch sprach, war es recht unwahrscheinlich, sie in Spanien überhaupt kennenzulernen.

„Ein paar Wörter kannst du doch schon, oder?"

„Ja, aber nicht viele. Wenn du heimlich mit John über etwas redest, verstehe ich das nicht."

Lucía wusste ganz genau, dass Ben nur dann Englisch sprach, wenn sie den Gesprächsinhalt nicht hören sollte. Zumindest dann, wenn die andere Person eigentlich auch Spanisch sprach.

„Ja, da hast du doch eine gute Motivation. Sowieso ist das das Wichtigste, wenn es darum geht, eine andere Sprache zu lernen: die Motivation. Obwohl ich zum Beispiel lange Englisch in der Schule hatte, habe ich erst richtig angefangen, mich für Englisch zu interessieren, als ich mit den Reisen angefangen habe. Da war es auf einmal sehr nützlich gewesen, Englisch zu können."

Lucía überlegte einen Moment.

„Papa, was bedeutet Motivation?"

Ben dachte nach.

„Motivation ist der Grund, warum du etwas machst. Wenn Sue dich zum Beispiel fragen würde, ob du ihr jede Woche im Garten helfen kannst, einfach nur so, dann hättest du vielleicht keine Lust dazu. Wenn sie dir aber sagen würde, dass du dir jedes Mal so viele Blumen mitnehmen kannst, wie du willst, dann hättest du auf einmal einen guten Grund, ihr zu helfen. Verstehst du, was ich meine?"

Lucía nickte. Sie war sich auf einmal nicht mehr

sicher, ob sie wirklich wissen musste, was ihr Vater mit den anderen auf Englisch redete. Die ganze Anstrengung, eine neue Sprache zu lernen, nur um einige Erwachsene verstehen zu können? So groß war ihre Motivation dann doch nicht. Außerdem verstanden die Erwachsenen sich ja selbst kaum, ansonsten würden sie wohl nicht so viel streiten.

„Vielleicht lerne ich lieber Französisch, nächstes Jahr fahren wir nämlich wieder Skilaufen. Dann kann ich mir ein paar Freunde suchen."

Sie hatte mal wieder Recht. Wenn alle die gleiche Sprache sprechen würden, dann würden zwar die Missverständnisse zwischen den Menschen nicht unbedingt weniger werden, aber vielleicht würde es mehr Freundschaften geben.

5

Die darauf folgenden Tage verbrachte Ben wieder mit seinem Buch. Er hatte beschlossen, die ganze Sache etwas ruhiger anzugehen und sich nicht weiterhin wie ein Besessener die Worte aus den Fingern zu saugen. Die ganze Zeit nur vor dem Computer zu hängen, war weder gesund noch inspirierend. Also begann er, fast jeden Tag im Garten zu helfen – mit den Händen im Dreck wühlen und dem Kopf eine Pause vom Denken geben, war genau der richtige Ausgleich zum Schreiben. Und rund um die Gemüsebeete war glücklicherweise immer etwas zu tun: Unkraut jäten, neue Samen setzen, gießen, düngen, ernten – der Garten war eine unerschöpfliche Quelle von Arbeit.

Nachmittags machte er oft lange Spaziergänge entlang der südspanischen Küste. Es war Januar – Touristen gab es kaum und den Andalusiern waren sonnige, neunzehn Grad viel zu kalt, um auch nur in die Nähe des Meeres zu gehen. Der Strand war also meistens menschenleer. Bens einzige Begleiter waren einige Möwen, die vergnügt durch die Luft schwebten, und die Wellen, die mit einem leisen Rauschen direkt neben ihm am Ufer ankamen. Er genoss das Gefühl von Zeitlosigkeit, wenn er alleine über den Sand wanderte und seinen Gedanken freien Lauf lassen konnte.

Als er in Indien gewesen war, hatte Ben sich viel mit Meditation beschäftigt. Anfangs hatte er sie noch als esoterischen Humbug belächelt, doch nachdem ihm mehrere Freunde von ihren positiven Erfahrungen erzählt hatten, war seine Neugierde geweckt worden. Einfach still sitzen, sich auf den eigenen Atem konzentrieren, völlig gedankenlos sein – die

Idee hatte sich verlockend angehört. Ein magischer Schalter, um für einige Momente das Denken abzuschalten! In Wirklichkeit war dies jedoch eine irreführende Vorstellung.

Wie Ben nach und nach herausfand, konnte man das Denken überhaupt nicht abschalten. Stundenlang hatte er in unbequemen Sitzpositionen versucht, absolute Stille zu finden, doch ohne Erfolg. Immer hatte es eine Ablenkung gegeben: Ein penetranter Gedanke, der nicht weggehen wollte, ein hungriger Magen, der sich laut zu Wort meldete, oder eine nervige Mücke, die Spaß daran hatte, möglichst nah an seinen Ohren vorbei zu fliegen. Immer etwas, dass seine Ruhe gestört hatte. Krampfhaft hatte er versucht, seinen Kopf völlig zu entleeren, doch er hatte es einfach nicht geschafft. Ben war kurz davor gewesen, das Thema Meditation aufzugeben, als er auf einer Busfahrt einen erleuchtenden Rat bekommen hatte, von einem alten indischen Physiklehrer: *, Wer hat denn gesagt, du sollst nicht denken? Das geht gar nicht! Das einzige, was du machen kannst, ist, deinen Gedanken freien Lauf zu lassen.'* Völlig im Moment leben, sich nicht an das Vergangene klammern und keine Angst vor der unbekannten Zukunft haben. Nicht festhalten, sondern loslassen.

Das gereizte Verhältnis, das Ben zur Meditationspraxis gehabt hatte, entspannte sich. Wenn es darum ging, Gedanken loszulassen, musste man dann wirklich regungslos auf einem harten Boden sitzen? Mit gekreuzten Beinen? Wozu eigentlich die ganzen Qualen? Der eigentliche Trick bestand doch darin, sich voll und ganz in eine Tätigkeit zu vertiefen, die man gerne tat. Innere Ruhe zu finden und sich im Hier und Jetzt zu verlieren. Geduldig die Gedanken zu beobachten, ohne ihnen hinterher zu eilen. Folglich gab es viele Möglichkeiten zu meditieren: Sport zum Beispiel oder Musik machen; Basteln oder Stricken, im Garten arbeiten oder ins Lagerfeuer starren. Einen Sonnenuntergang genießen, Sex, oder eben auch ein Spaziergang am Strand. Sich treiben lassen und dem Geist eine Pause gönnen.

Manchmal, wenn es mit dem Schreiben nicht so gut lief, vergaß Ben leider, wie gut ihm die meditativen Ausflüge an die frische Luft taten. Von der eigenen Faulheit überwältigt, blieb er dann frustriert vor dem Computer sitzen. Doch jedes Mal, wenn er sich aufraffte und rausging, kam er zurück und hatte ein Lächeln auf dem Gesicht. Und nicht nur das – er fühlte sich lebendig und inspiriert, als hätte er seinen kreativen Tank aufgefüllt. Als hätte der Wind seine frei umher schweifenden Gedanken neu geordnet.

Es war wieder Montag. Der Busfahrer schnaubte vor Wut, als Ben über zehn Minuten zu spät an der Haltestelle eintraf.

„Was ist eigentlich so schwer daran, pünktlich zu sein? Ich habe verdammt noch mal etwas anderes zu tun, als hier auf Sie zu warten. Das ist eine Frechheit! Sie sind ja noch schlimmer, als wir Andalusier!"

„Tut mir leid. Letzte Woche war ich aber recht-zeitig hier..."

„Ach, lassen Sie mich doch in Ruhe!"

Der Busfahrer schloss fluchend die Tür und fuhr davon. Lucía musste sich ein Grinsen verkneifen – es war einfach hoffnungslos mit ihrem Vater.

„Ich war noch am Schreiben und dann..."

„Ist nicht schlimm Papa."

Sie nahm ihren Schulranzen und ging zum Auto.

Ben trottete hinterher.

„Und, wie war die Schule?"

„Gut."

„Hausaufgaben?"

„Ja."

„Viele?"

„Nö."

Das war dann also auch geklärt. Sie fuhren zum Haus, parkten und blieben vor dem Eingangstor stehen.

„Guck mal!"

Lucía zeigte zwanzig Meter die Straße herunter auf eine Frau, die auf einem schwarzen Pferd angeritten kam. Während sie sich langsam näherte, starrten Vater und Tochter beide in die gleiche Richtung – Lucía auf das Pferd, Ben auf die Reiterin.

„Boa, wie schön...", staunte Lucía.

Ben sagte nichts, war aber völlig ihrer Meinung.

Kurze Zeit später hielt die Reiterin direkt vor ihnen an. Sie blickte zu Lucía herunter, die noch immer völlig verzaubert auf das Pferd starrte.

„Er heißt Picasso."

Die fremde Frau lächelte freundlich.

„Bist du schon mal geritten?"

Lucía schüttelte den Kopf.

Die Reiterin wechselte kurz den Blick zu Ben, dann schaute sie wieder zu Lucía.

„Willst du das mal ausprobieren?"

Lucía drehte sich aufgeregt zu ihrem Vater um, in Hoffnung auf Zustimmung.

„Klar", sagte dieser sofort und guckte zu der Frau hoch. „Wann denn?"

„Jetzt gleich?"

„Lucía, wie lange brauchst du für deine Hausaufgaben?"

„Eine halbe Stunde."

„Bist du sicher?"

„Papa!"

Ben wandte sich wieder der Reiterin zu.

„In einer Stunde?"

„Okay. Ich wohne vierhundert Meter den Weg hier runter, auf dem Reiterhof von Patricia und Pedro, kennst du die?"

„Ja, ich weiß wo."

„Gut, also dann bis gleich."

Lucías Augen strahlten vor Freude.

„Hey, wie heißt du eigentlich?", wollte Ben noch wissen.

„Tatiana."

Und mit einem weiteren Lächeln ritt sie davon.

Tatiana war Ende zwanzig und kam aus Buenos Aires. Sie war ein paar Monate durch Europa gereist und verbrachte nun noch einige Wochen auf dem Hof von Freunden ihrer Eltern. Eigentlich hätte sie schon längst nach Argentinien zurückkehren müssen, denn sie hatte nur ein dreimonatiges Touristenvisum, das bereits abgelaufen war. Aber Patricia und Pedro brauchten gerade Hilfe mit den Pferden, und Tatiana brauchte Geld, also war sie geblieben. Das Risiko, eine Zeit lang illegal im Land zu sein, nahm sie in Kauf.

Eine Stunde später trafen sie sich bei Patricia und Pedro, fünf Minuten zu Fuß vom Wohnwagen entfernt. Tatiana hatte Lucía einen Reiterhelm mitgebracht, es konnte also direkt losgehen. Ben blieb am Rand stehen und beobachtete das Ganze aus der Distanz. Zwischendurch verschwand er hinter dem Haus und nutzte die Gelegenheit, um in Ruhe eine Zigarette zu rauchen. Es war schon seltsam: als Jugendlicher hatte er sich vor seinen Eltern versteckt, wenn er rauchen wollte, jetzt versteckte er sich vor seiner Tochter.

Lucía verliebte sich auf Anhieb in das Reiten. Hoch oben auf einem schönen Pferd zu sitzen, was konnte es Besseres geben? Mit Tatiana verstand sie sich auch prächtig, sie war richtig nett, und lustig war sie auch. Das machte alles viel mehr Spaß als vor den langweiligen Hausaufgaben zu hocken. Sie fragte sich, wieso es eigentlich keinen Reitunterricht in der Schule gab? Vielleicht lag das ja auch an der Krise. Momentan lag doch alles an der Krise: das kaputte Auto ihrer Mutter, die vielen Bettler auf der Straße, der geschlossene Kiosk um die Ecke. Sogar Freundschaften wurden in Mitleidenschaft gezogen – erst kürzlich war eine von Lucías besten Schulfreundinnen nach Norwegen gezogen, da der Vater in Spanien keinen neuen Job gefunden hatte. Sehr sympathisch fand sie die Krise daher nicht.

Als die Reitstunde zu Ende war, half Lucía noch mit, das Pferd sauber zu machen. Ben stand neben ihr, unterhielt sich aber die ganze Zeit mit Tatiana. Sie redeten über Argentinien und Andalusien, über das Wetter und über eine Musikgruppe, die Lucía nicht kannte. Nach einiger Zeit bemerkte sie, dass ihr Vater ein merkwürdiges Lachen im Gesicht hatte, als würde er sich über irgendetwas unheimlich freuen. Lucía wurde das Gefühl nicht los, dass das mit Tatiana zu tun hatte.

Es begann, langsam dunkel zu werden. Tatiana bot Lucía an, die folgende Woche wieder zu reiten. Ben lud Tatiana als Gegenleistung zum Abendessen ein – allerdings nicht am nächsten Montag, sondern bereits am Wochenende. Dann verabschiedeten sie sich.

Kurz nachdem sie die Farm verlassen hatten, konnte Lucía ihre Neugierde nicht mehr zurückhalten.

„Papa, warum hast du Tatiana die ganze Zeit so angestarrt?"

Ben musste schlucken.

„Ach, hab ich das?"

„Ja."

„Hm... Ich finde sie halt nett."

Lucía gab ihrem Vater einen skeptischen Blick.

„Sue findest du auch nett, aber die guckst du nicht so an."

„Wie gucke ich Tatiana denn an?"

„So komisch halt."

Ben blieb stumm. Er musste zugestehen, dass er seine Tochter wieder einmal unterschätzt hatte – man konnte seine Gefühle vor Kindern einfach nicht verstecken! Aber was hätte er auch sagen sollen? Dass er Tatiana sexy fand? Nein, auf dieses Gespräch hatte er keine Lust – ‚Papa, was bedeutet sexy...?' Ein anderes Mal vielleicht, aber nicht jetzt.

Auf dem Weg nach Hause fing Lucía an, über die verschiedenen Beziehungen ihres Vaters nach-zudenken. Seit er von ihrer Mutter getrennt war, hatte sie drei seiner Freundinnen kennengelernt. Wahr-scheinlich hatte er viel mehr gehabt, aber das sagte er ihr natürlich nicht. An die erste konnte sie sich fast nicht mehr erinnern, Anna. Lucía hatte sie gemocht, aber als sie eines Tages plötzlich nicht mehr da gewesen war, hatte sie es gar nicht richtig bemerkt. Danach kam eine Spanierin, Silvia, die war ganz seltsam gewesen. Sie hatte einen Ring in der Lippe gehabt und ganz dreckige Haare. Außerdem rülpste sie immer nach dem Essen. Wenn Lucía das bei ihrer Mutter machen würde, bekäme sie eine fette Ohrfeige und dazu noch einen Monat Hausarrest. Aber gut, mit Silvia war ihr Vater zum Glück nur einige Monate zusammen gewesen. Und dann war da noch Sarah, eine lustige Eisverkäuferin aus Irland, die letzte von Bens Freundinnen. Sarah hatte fast drei Jahre mit ihnen zusammen gelebt, und Lucía hatte sich prima mit ihr verstanden. Wie eine gute Freundin war sie gewesen. Leider hatte ihr Vater sie irgendwann nicht mehr so lustig gefunden, und somit war Sarah vor ungefähr einem Jahr wieder ausgezogen. Da sie mittlerweile wieder in Irland lebte, hatte Lucía keinen Kontakt mehr zu ihr. Sie fand es ganz schön blöd, dass es immer wieder Leute gab, die sie unheimlich gerne mochte, und die dann auf einmal aus ihrem Leben verschwanden. Außerdem verstand sie nicht, warum ihr Vater immer andere Freundinnen hatte. War es nicht besser, immer dieselbe zu haben?

Sie erreichten den Wohnwagen und machten es sich drinnen gemütlich. Anstatt zu schreiben, las Ben zur Abwechslung mal selbst ein Buch. Lucía begann, ein Bild zu malen. Ihre Gedanken waren allerdings noch bei den Frauen ihres Vaters. Vor allem eine Sache beschäftigte sie, schon seit langem.

„Papa, ich soll dich doch jede Woche was fragen, oder?"

„Na klar. Hast du dir was überlegt?"

Lucía zögerte einen Moment.

„Warum bist du nicht mehr mit Mama zusammen?"

Ben legte sein Buch zur Seite. Die korrekte Antwort wäre gewesen, dass er nicht mehr mit Carmen zusammen war, weil sie ihn schlicht und einfach in den Wahnsinn getrieben hatte. Sie waren zwei Menschen, die völlig inkompatibel waren. Er war sich immer vorgekommen, als hätte ein irrationaler Wirbelwind sein Leben in einen Sandsturm verwandelt. Ständig Streitereien über belanglosen Schwachsinn! Aber das konnte er natürlich seiner Tochter so nicht sagen.

„Du, wir sind einfach zu verschieden."

„Wie meinst du das?"

„Naja, deine Mutter macht halt die Dinge gerne auf eine Weise, und ich auf eine andere. Wir mochten uns gerne, aber wir konnten einfach nicht zusammen leben."

„Magst du sie jetzt nicht mehr?"

Ben musste erneut schlucken. Mochte er Carmen noch? Ja klar. Etwas jedenfalls. Nochmal mit ihr zusammen zu sein war allerdings ausgeschlossen.

„Doch, natürlich mag ich sie noch. Aber als Freund, nicht als Freundin."

Oder war das auch gelogen? Ben bezweifelte, dass er noch Kontakt zu Carmen hätte, wenn es Lucía nicht geben würde. Es gab eigentlich nur eine Sache, bei der die beiden einer Meinung waren: Das einzige, was sie je gut hinbekommen hatten, war ihre Tochter. Alles andere war eine einzige Katastrophe gewesen.

„Ist doch besser, wenn sich deine Eltern gut verstehen. Wenn wir zusammen wären, würden wir uns die ganze Zeit nur streiten, stell dir das mal vor. Das wär richtig Scheiße, auch für dich."

Lucía versuchte, sich ihre Eltern vereint unter einem Dach vorzustellen. Doch da fingen die Probleme schon an: Ihre Mutter lebte in einer sauberen, normalen Wohnung in der Stadt, ihr Vater in einem leicht herunter gekommenen Wohnwagen auf dem Land; ihre Mutter trug sorgfältig gebügelte Hemden, ihr Vater besaß noch nicht einmal Hemden. Die eine ging gerne einkaufen, der andere gerne am Strand spazieren. Nein, das konnte wohl nicht funktionieren mit den beiden. Vor einiger Zeit hatte Lucía ihrer Mutter die gleiche Frage gestellt, also warum sie nicht mehr mit ihrem Vater zusammen war, und ihre Mutter hatte etwas Ähnliches geantwortet. Dass sie mit Lucías Vater immer noch befreundet war, aber dass sie einfach nicht zusammen passten. Echt merkwürdig diese Erwachsenen – erst kriegen sie ein Kind, und dann finden sie auf einmal, dass sie zu verschieden sind. Wieso überlegten die sich das eigentlich nicht vorher?

„Findest du das denn schlimm, dass wir getrennt sind?"

Lucía schüttelte den Kopf.

„Nein. Bei mir in der Schule haben fast alle Kinder getrennte Eltern."

Es machte ihr in der Tat nichts aus. Sie fand es schade, denn natürlich würde sie ihren Vater gerne genauso oft sehen wie ihre Mutter, aber da sich ihre Eltern bereits getrennt hatten, als sie ein Jahr alt gewesen war, hatte sie gar nicht wirklich etwas anderes kennengelernt. Sie fragte sich aber trotzdem, warum die beiden so verschieden waren.

„Mama sagt manchmal, dass du nicht ganz normal bist."

‚Das war ja klar gewesen', dachte sich Ben. Er suchte nach einer diplomatischen Antwort.

„Was bedeutet schon normal? Ich selbst finde zum Beispiel, dass ich ziemlich normal bin. Deine Mutter sieht das anders, okay. Jetzt kannst du das aber auch rumdrehen: Deine Mutter findet, dass sie selbst völlig normal ist. Ich hingegen denke, dass sie verrückt ist. Wer hat nun Recht?"

„Du findest, dass Mama verrückt ist?"

Lucía klang leicht entsetzt.

„Naja, halt…anders. Also aus meiner Sicht. Aber das ist ja auch nicht weiter schlimm. Jeder hat seine Macken."

Lucía wusste nicht genau, was sie von der Erklärung ihres Vaters halten sollte.

„Also eigentlich sind dann alle verrückt."

„Oder alle sind normal. Kommt drauf an."

„Wenn ihr beide verrückt seid, dann könntet ihr doch auch zusammen sein. Das würde doch prima passen: verrückt und verrückt!"

Ben lachte los.

„Ich glaube nicht, dass das eine gute Idee wäre. Zum Schluss würdest du diejenige sein, die wirklich verrückt wird."

Jetzt musste auch Lucía lachen. Tja, da war wirklich nichts dran zu machen bei ihren Eltern.

„Weißt du", fuhr Ben nach einer kurzen Weile fort, „deine Mutter und ich respektieren uns und wir freuen uns, wenn es dem anderen gut geht. Wenn wir zusammen wären und uns die ganze Zeit streiten würden, da hätte doch keiner was von. Ich wäre schlecht gelaunt, deine Mutter wäre schlecht gelaunt, du wärst schlecht gelaunt. Ein einziges Chaos! Manchmal ist es also einfach besser, wenn man getrennte Wege geht. Dann kann jeder in Frieden leben, so wie er will."

Lucía starrte ihn an.

„Alles klar?", fragte Ben besorgt.

Sie war in Gedanken versunken. ‚Oh man, wenn Papa wüsste, wie Mama ihn manchmal nennt: Zigeuner... Vollidiot... Arschloch... War das noch respektieren? Vielleicht meinte sie es ja nicht böse... Oder vielleicht doch? Naja, ich glaube, ich halte lieber meinen Mund.' Des Friedens willen.

6

Montag, eine Woche später. Lucías Lehrerin war krank und deswegen hatte sie keine Hausaufgaben auf. Leider war Tatiana auch krank, so dass die Reitstunde ausfiel. Lucía musste sich also bis zum nächsten Mal gedulden, genau so wie Ben – sein romantisches Abendessen war ebenfalls ausgefallen.

Sie saßen gemütlich in der Nachmittagssonne vor dem Wohnwagen und überlegten, was sie machen sollten.

„Wir könnten später zum Strand gehen und den Sonnenuntergang anschauen."

„Wenn du willst", antwortete Lucía relativ gleichgültig.

‚Bestimmt hat sie das von ihrer Mutter' dachte Ben. Die hatte sich auch nie für Sonnenuntergänge interessiert.

„Wir können unterwegs auch beim Spielplatz halten."

„Okay."

„Gut. So in einer Stunde, ja?"

Lucía nickte stumm. Während Ben nach seinem Notizbuch griff und sich zurücklehnte, kam Sue vorbeispaziert.

„Hey, willst du mit in den Hühnerstall? Ich muss gucken, ob es frische Eier gibt."

Lucía sprang sofort auf – ihr war ohnehin gerade langweilig geworden. Sie ließ ihren Vater vor dem Wohnwagen sitzen und folgte Sue zu den Hühnern.

Der Stall war ungefähr so groß wie ihr Klassenzimmer. Es gab drei Käfige und in der Mitte stand ein Zitronenbaum. Lucía zählte die Hühner, so wie sie es beim ersten Mal auch gemacht hatte.

„Sechzehn, siebzehn, achtzehn..."

Sie bückte sich, um zu sehen, ob sie irgendwo welche übersehen hatte.

„Da fehlen zwei, oder?"

Das letzte Mal waren es Zwanzig gewesen, da war sie sich sicher.

„Ja, die sind leider beide tot."

„Oh. Warum denn?"

„Das eine ist aus dem Stall entwischt und dann haben es die Hunde gefunden."

„Echt?" Lucía war geschockt. „Haben die das gegessen?"

Sue nickte.

„Und das andere?"

„Das andere..." Sue guckte das Mädchen mitleidig an. ‚Vielleicht besser nicht...?', dachte sie. Aber es hatte ja keinen Sinn, ihr etwas vor zu machen. „Das andere gab's gestern zum Abendessen."

Lucía schlug die Hand vor den Mund. ‚Das arme Huhn!' Wie konnte man bloß sein eigenes Haustier schlachten und dann auch noch essen? Ihr wurde flau im Magen. Nur gut, dass gestern kein Montag gewesen war.

Sie hatte natürlich schon öfter ein Huhn gegessen, aber noch nie eines, dass sie vorher lebendig gesehen hatte. Als Lucía fünf Jahre alt gewesen war, hatte sie herausgefunden, dass es eine Verbindung zwischen einem Huhn und Hähnchenfilet gab. Auf ihrem Teller hatte ein Stück Fleisch nie ausgesehen, als hätte es etwas mit einem Tier zu tun. Ihre unschuldige Naivität war erst zerstört worden, als sie eines Tages die Fleischpackung aus dem Supermarkt genauer inspiziert und einen Aufkleber mit frei herumlaufenden Hühnern entdeckt hatte. Es war ein traumatisches Erlebnis gewesen – sie war eine Tiermörderin! Lucía hatte sich geschworen, Vegetarierin zu werden, sobald sie Achtzehn war. Neugierig blieb sie aber trotzdem.

„Wie habt ihr das Huhn denn getötet?"

„Willst du das wirklich wissen?"

Lucía nickte. Wenn schon, denn schon.

„Mit einer Axt. Ich habe das Huhn festgehalten, und John hat ihm den Hals durchgetrennt."

Lucía schluckte.

„Kurz und schmerzlos. Glaub mir, das Huhn hat das gar nicht gemerkt."

Aber mit einer Axt? Wie brutal!

„Werden alle Hühner so getötet?"

„Nein, die aus dem Supermarkt, bei denen ist das noch viel schlimmer. Aber das möchtest du nun wirklich nicht wissen... Weißt du, bei uns sind die Hühner wenigstens glücklich. Sie kriegen gutes Essen, sind an der frischen Luft und können rumlaufen. Den meisten anderen Hühnern geht es leider nicht so gut."

Sie sammelten die frischen Eier ein und brachten sie in die Küche. Anschließend ging Lucía zum Wohnwagen zurück. Ben war mit seinem Notizbuch auf dem Schoß eingeschlafen. Sie setzte sich neben ihn.

„Papa..."

Nichts.

„Papa!"

Sie hatte keinerlei Absicht, ihrem Vater eine lange Siesta zu gewähren. Schlafen konnte er schließlich auch, wenn sie nicht da war.

„PAPA!"

Ben schrak hoch.

„Was denn? Kann ich hier nicht mal fünf Minuten in Ruhe liegen?"

„Das waren schon viel mehr als fünf Minuten! Ich will dich etwas fragen."

Ben rieb sich die Augen und hob sein heruntergefallenes Buch wieder auf.

„Dann frag mal."

Lucía hielt einen Moment inne, als müsste sie Kraft sammeln.

„Warum essen wir Hühner?"

Ihre Stimme hatte einen empörten Unterton.

„Wie meinst du das?"

„So, wie ich das sage: Warum essen wir Hühner?"

„Hm..." Ben war noch nicht wieder richtig wach. „Keine Ahnung. Irgendwas müssen wir ja essen."

„Aber warum Hühner? Es gibt doch genügend andere Sachen. Brot und Nudeln zum Beispiel, und Obst."

„Klar. Aber ich weiß gar nicht, was du willst? Ich mach doch sowieso nie Fleisch, wenn du da bist."

„Ja, aber bei meiner Oma gibt's das jeden Tag. Außer freitags, da gibt's Fisch."

Lucía verzog ihr Gesicht. Sie mochte Fisch überhaupt nicht.

„Warum macht deine Oma denn so viel Fleisch?"

„Sie sagt, das ist gesund, und dass die Kinder das zum Wachsen brauchen. Aber ich habe eine Freundin in der Schule, die ist Vegetarierin, und die ist nie krank. Noch nicht mal im Winter. Und klein ist sie auch nicht."

Lucía dachte an all die armen Hühner, die täglich sterben mussten.

„Vielleicht kannst du ja deiner Oma sagen, dass du nicht mehr so viel Fleisch essen willst?"

Ben war sich bewusst, dass Lucías Oma, also Carmens Mutter, ihn auf der Stelle vierteilen würde, wenn sie von seinem Vorschlag hören würde. Die meisten Spanier, vor allem die älteren, waren noch immer der Ansicht, dass man ohne regelmäßigen Fleischkonsum direkt Mangelerscheinungen bekommen würde. Ein fetter Braten war kein Luxus, sondern eine Notwendigkeit, um zu überleben.

Lucía war traurig. Sie wusste, dass es gar keinen Sinn machen würde, ihrer Oma zu sagen, dass sie kein Fleisch mehr wollte. Sie musste es trotzdem essen. Was für eine Ungerechtigkeit! Manchmal war es wirklich nicht leicht, ein Kind zu sein. Ben sah, wie eine kleine Träne ihre Wange runterrollte.

„Die armen Hühner, ich will ihnen doch so gerne helfen."

Ihr Vater nahm sie in den Arm. Er wusste nicht, was er ihr sagen sollte. Er selbst aß hin und wieder Fleisch, nicht viel, aber etwas. Wieso, das konnte er auch nicht so genau sagen. Es gab in der Tat genügend andere Dinge, die man essen konnte. Warum mussten es ausgerechnet auch noch Tiere sein? Millionen von glücklichen und kerngesunden Vegetariern auf der ganzen Welt waren schließlich ein Beweis dafür, dass der Mensch kein Fleisch brauchte, um gut zu leben. Ging es also nur um Geschmack? Wurden Tiere gequält und getötet, nur damit wir genussvoll ein saftiges Steak verschlingen konnten? Ben hatte ein schlechtes Gewissen.

„Pass auf: Ich verspreche dir, dass ich ab sofort keine Hühner mehr essen werde. Zumindest keine Hühner mehr aus dem Supermarkt. Nur noch die, die Sue sowieso schlachtet, und das passiert ja nicht oft. Auf diese Weise helfe ich dir, ein paar Hühner zu retten. Und wenn du älter bist, dann kannst du selbst entscheiden, was du essen willst. Was meinst du?"

Lucía wischte sich eine weitere Träne aus dem Gesicht.

„Danke Papa. Ich hab dich lieb."

Ben lächelte.

„Ich hab dich auch lieb."

Sie drückten sich einmal ganz fest, und dann ging es Lucía auch schon besser.

„Papa, hast du auch schon mal ein Huhn getötet?"

„Nein, das habe ich auch nicht vor."

Dabei war das keine schlechte Idee: Ben war sich sicher, dass die Menschen viel weniger Fleisch essen würden, wenn jeder die Tiere, die auf dem eigenen Teller landeten, selbst schlachten müsste.

Lucía war froh, dass ihr Vater nicht so wie John Tieren mit einer Axt den Hals abschlug. Dann dachte sie über sein Versprechen nach.

„Isst du dann jetzt eigentlich nur keine Hühner mehr, oder auch sonst kein Fleisch?"

Stille.

„Naja, vielleicht ab und zu einen Hamburger."

„Woraus sind denn Hamburger gemacht?"

„Meistens aus Schweinen."

„Aus Schweinen? Nee Papa, die armen Schweine darfst du auch nicht essen."

Ben seufzte. Da hatte er ja etwas angefangen – super! Er musste schnell das Thema wechseln, bevor Kühe und Schafe auch noch auf der schwarzen Liste landen würden.

„In Ordnung, Schweine auch nicht. Aber das reicht jetzt! Hol dir mal deine Jacke, wir wollten doch an den Strand."

Lucía überlegte noch einen Moment, verschwand dann aber im Wohnwagen. Ben atmete auf. Er fand es gut, dass seine Tochter ein Herz für Tiere hatte, und er war gewillt, sie zu unterstützen. Aber er musste ja nicht direkt auf sämtliches Fleisch verzichten. Eins nach dem anderen.

Kurz darauf war Lucía wieder draußen.

„Papa, was ist nochmal in der Nudelsoße, die du immer machst?"

„In der Bolognese?"

„Ja, genau."

„Ratten."

„Papa!"

„Die darf ich ja wohl essen, oder?"

Sie streckten sich gegenseitig die Zunge raus.

„Komm jetzt! Wir müssen los."

Bis zum Strand waren es keine zehn Minuten mit dem Auto – ein Privileg, von dem die meisten Menschen nur träumen konnten. Ben lebte mittlerweile schon zehn Jahre an der Küste, er war es gewohnt, das Meer in der Nähe zu haben. Und doch war seine Faszination für die große blaue Wüste kein bisschen weniger geworden. Es kam noch nicht einmal darauf an, ständig im Sand zu liegen oder in den Wellen zu baden – alleine die Tatsache, dass er das Meer immer vor Augen hatte, reichte aus, um ihn auch an schlechten Tagen Dankbarkeit verspüren zu lassen. Es war ein riesiger Fleck wilder Natur, direkt vor seiner Haustür. Ein Meisterwerk der göttlichen Schöpfung, das den Anschein hatte, völlig unberührt zu sein.

Auf halbem Weg zwischen dem Parkplatz und dem Hafen von Estepona lag der Spielplatz. Gemeinsam rutschten sie diverse Male die große gelbe Rutsche herunter, kletterten auf dem Spinnennetz und spielten Fangen zwischen den ganzen Gerüsten. Dann kam der Moment, den Ben jedes Mal schon vorab fürchtete.

„Eine Runde drehen?", fragte Lucía mit einem unschuldigen Lächeln.

Ben wusste, dass er sowieso nicht Nein sagen konnte.

„Gut, aber nicht lange."

Mit ‚drehen' meinte Lucía eine Art Karussell, recht klein, mit einer runden Sitzbank und einer Metallscheibe in der Mitte. Indem man versuchte, die fest im Boden verankerte Metallscheibe zu drehen, bewegte sich die Sitzbank um die eigene Achse. Und je stärker man drehte, desto schneller bewegte man sich. Immer im Kreis herum.

Ben hasste es, wenn ihm schwindelig wurde.

„Also, festhalten!", animierte ihn seine Tochter.

Der Anfang war noch angenehm, er bekam eine schöne 360° Perspektive von seiner Umgebung. Nach einigen Sekunden spürte Ben dann aber bereits ein komisches Gefühl im Bauch und knapp fünf Sekunden später hatte er genug.

„Lucía!"

Lucía lachte sich schlapp, während sie kräftig weiter an der Metallscheibe drehte. Was für ein Heidenspaß!

„Lucía! Es reicht!"

Ben griff verzweifelt nach ihren Händen, damit sie aufhörte, weiter zu beschleunigen. Lucía ließ los und warf den Kopf nach hinten.

„Wooohhhhh...", schrie sie vor Freude. „Alles verkehrt rum, und gaaaanz schnell!"

Ihr Vater war kurz davor, einfach drauf los zu kotzen. Mit letzter Kraft fasste er die Drehscheibe und bremste das Höllengerät ab. Als sie zum Stillstand kamen, drehte sich alles weiter. Lucía sprang aus dem Karussell, lief vier Meter Zickzack und kippte dann seitwärts um. Ben versuchte das Gleiche, knallte aber schon nach einem Meter mit dem Kopf in den Sand.

„Das war super! Nochmal!"

Lucía war schon wieder unterwegs zur nächsten Runde.

„Papa!"

Ben blieb bewegungslos im Sand liegen. Einmal Leiden am Tag musste reichen – er hob die Hand und winkte dankend ab.

Lucía machte noch einige Minuten weiter. Irgendwann hatte sie dann aber auch genug, und als Ben sich ausreichend von seinem Schwindel erholt hatte, spazierten sie noch eine Weile am Strand entlang. Ben genoss den festen Boden unter den Füßen und die frische Luft. Lucía warf ein paar Steine ins Meer und erzählte von der Schule. Es dauerte jedoch nicht lange, da wollte sie nach Hause.

„Jetzt schon?"

„Och Papa, ich bin müde."

„Okay, von mir aus."

Gerade als sie kehrtmachen wollten, sahen sie direkt am Ufer etwas im Sand liegen, das im Licht der Abenddämmerung glänzte. Sie gingen näher ran.

„Guck mal, ein Tintenfisch."

Lucía blickte aufs Meer raus, dann wieder auf den Fisch.

„Was macht der hier?"

„Der ist wahrscheinlich angespült worden."

Sie bückte sich, um ihn näher zu betrachten. Dann sprang sie auf einmal zurück.

„Der guckt mich an!"

Zusammen gingen sie wieder näher ran. Und in der Tat, oberhalb des weißen, schlabbrigen Körpers war ein kleiner Kopf mit einem großen schwarzen Auge, das die beiden Fremden anstarrte. Für einen Moment war es fast so, als würden sie in das Auge eines Menschen blicken.

„Lebt er noch?", fragte Lucía besorgt.

„Er sieht jedenfalls nicht tot aus. Warte hier!"

Ben lief ein Stückchen den Weg zurück und holte ein kleines Brett, das er kurz vorher gesehen hatte.

„Komm, wir bringen ihn ins Meer zurück. Vielleicht ist es ja noch nicht zu spät."

Sie zogen sich die Schuhe aus, schoben das Brett unter den Tintenfisch und trugen ihn gemeinsam ins Wasser zurück. Langsam setzten sie ihn ab, und dann warteten sie gespannt.

„Na los, schwimm!"

Und da, tatsächlich, auf einmal bewegte sich das weiße Fleisch und der Tintenfisch verschwand unter der nächsten Welle.

„Er lebt! Papa, er lebt! Wir haben ihn gerettet!"

Lucía strahlte übers ganze Gesicht. Sie hatte einem anderen Lebewesen geholfen, dem Tod zu entkommen. Schon wieder kullerten ihr Tränen über die Wange, dieses Mal jedoch vor Freude.

Während sie zum Strand zurückgingen, musste Ben an all die Tintenfische denken, die er in seinem Leben schon gegessen hatte. Wenigstens einem hatte er jetzt zur Abwechslung mal etwas Gutes getan. Er fragte sich erneut, warum er eigentlich Tiere aß? War das wirklich notwendig? Und was sagte das über den Menschen generell aus? Das größte Raubtier von allen! Immer darauf bedacht, die Großzügigkeit der Natur schamlos auszunutzen. Da half es auch nichts, dass einige Tiere geschützt wurden – Hindus durften keine Kühe essen, Muslime keine Schweine und Christen keine Hunde. Was für eine Willkür! Oder gab es wirklich bessere und schlechtere Tiere? Solche, die es verdient hatten, zu leben, und solche, die nur dazu dienten, möglichst dick zu werden und dann die Menschen zu beglücken.

Warum war es für einen Europäer in Ordnung, ein Kaninchen zu essen, aber keine Katze? Warum hatte ein Metzger einen besseren Ruf als ein Tierschützer? Und warum gab es Tierschützer, die keine Vegetarier waren? Es machte alles einfach keinen Sinn. Der Mensch machte manchmal keinen Sinn.

Sie zogen sich ihre Schuhe wieder an und guckten zu, wie die glühende Sonne langsam am Horizont unterging. Genau über der Meerenge von Gibraltar, dem Punkt, an dem es so schien, als würden sich die Berge von Europa und Afrika in der Mitte treffen.

„Papa, glaubst du, die Tiere kommen in den Himmel, wenn sie tot sind?"

Ben war davon überzeugt, dass es weder Himmel noch Hölle gab. Aber er wusste auch, dass seine religiösen Ansichten in diesem Moment völlig unwichtig waren.

„Klar! Wenn die Menschen in den Himmel kommen, warum dann nicht auch die Tiere?"

Gleiches Recht für alle. Wenn schon nicht auf Erden, dann wenigstens im Jenseits.

7

Am darauf folgenden Morgen hörte Ben mal wieder
den Wecker nicht, sie verpassten den Bus und er
musste Lucía zur Schule bringen. Nachdem sein
Wagen den steilen Berg mit Ach und Krach
erklommen hatte, brachte er seine Tochter noch bis
zum Klassenzimmer. Lucía trug ihre blaue Schuluniform, Ben eine Jeans, Kapuzenjacke und seinen
Hut.

„Papa, warum hast du eigentlich einen Hut auf?"

„Nur so, gefällt mir halt. Magst du ihn nicht?"

„Doch."

Das war natürlich gelogen, zu mindestens halb.
Lucía selbst hatte nichts gegen den Hut und sie war
es ja auch gewohnt, dass ihr Vater merkwürdige
Sachen anhatte. Aber ihre Freunde guckten Ben
manchmal komisch an und das war ihr unangenehm.
Außerdem wollte sie nicht, dass ihre Lehrerin den
Hut sah.

Kurz bevor sie das Klassenzimmer erreichten,
verabschiedete sich Lucía.

„Soll ich nicht kurz mit reinkommen? Dann kann
ich sagen, dass es meine Schuld ist, dass du zu spät
kommst."

„Nee, geht schon. Tschüss!"

Sie gab ihm einen Kuss und rannte davon. Ben
guckte ihr hinterher und blieb noch einen Moment
stehen – es war unglaublich, wie schnell so ein Kind
groß wurde.

Er ging zum Auto, ließ es den Berg runterrollen
und fuhr zurück nach Estepona. Als er am Haus
ankam, lief ihm John fast vor die Stoßstange. Sein
Wohnwagenvermieter hatte einen hoch roten Kopf

und fluchte laut.

„Du kannst mich mal!", schrie er in Richtung Eingangstor. Dort stand Sue, ebenfalls mit hoch rotem Kopf und genauso wütend wie ihr Mann.

„Du mich auch! Nichts, aber auch gar nichts kannst du richtig machen, du Volltrottel! Hau ruhig ab und lass mich hier mit dem Scheiß sitzen, Drecksack!"

Ben parkte seinen Wagen und stieg aus. John war inzwischen weg, Sue stand neben dem Tor und hielt sich mit beiden Händen den Kopf.

„Was ist los?", fragte er vorsichtig.

Sue starrte ihn an.

„Weißt du, was er geschafft hat?"

„Was?"

Ben ahnte nichts Gutes.

„Er sollte unten neben dem Feld einen Baum fällen. Hat er auch, aber obwohl ich ihm gesagt hatte, er soll sich von jemandem helfen lassen, musste er das natürlich mal wieder ganz alleine machen. Wie ein kleines Kind! Das Ergebnis?"

Sie musste tief Luft holen, um ihren Ärger abzukühlen.

„Der Baum ist zwar ab, aber er ist in die falsche Richtung gefallen – genau auf unsere Stromleitung! Klar, wenn man morgens um Neun schon eine Tüte raucht, da kann ja nichts Vernünftiges bei rumkommen. Sogar den Holzmasten hat es halb umgerissen, was das jetzt wieder kostet... Ich könnte ihn umbringen!"

Sue war außer sich. Ben versuchte, sie ein wenig zu beruhigen, merkte aber schnell, dass er keinen Erfolg haben würde. Also zog er sich zurück und ging runter zum Feld, um den Schaden zu begutachten. Es stellte sich heraus, dass das Problem größer war, als zuerst angenommen. Da die Reparaturarbeiten ziemlich aufwendig waren und da in Andalusien alles immer extra lang dauerte, gab es also auf unabsehbare Zeit keinen Strom im Haus.

Es war wie so oft im Leben: Erst wenn etwas nicht mehr da war, merkte man, wie sehr man es brauchte. Erst wenn auf einmal nichts mehr aus der Steckdose kam, wurde einem bewusst, wie sehr das tägliche Leben von Strom abhängig war: Es gab keine Musik, kein kaltes Bier und keine warme Dusche. Handys hatten keinen Saft mehr, das Internet ebenfalls nicht – man war abgeschnitten von der modernen Welt! Die neue Waschmaschine war plötzlich wertlos, genauso wie der DVD-Player, der Wasserkocher und die elektrische Kaffeemühle. Kerzen und Taschenlampen wurden dagegen zu heißbegehrten Objekten.

Den ersten Tag ohne Strom fand Ben noch relativ amüsant, bereits am zweiten Tag wurde er allerdings nervös. Da er seinen Computer nicht aufladen konnte, konnte er auch nicht an dem Manuskript für seine Geschichte weiterarbeiten. Am dritten Tag stieg seine Ungeduld ins Unermessliche – er verstand einfach nicht, wieso es so lange dauern konnte, einen kleinen Holzmasten und ein paar Kabel zu reparieren. Erst am Morgen des vierten Tages ohne Stromversorgung schaffte er es, sich mit der Situation abzufinden. Was blieb ihm auch anderes übrig? Er begann, das Problem aus einer anderen Perspektive zu betrachten: Ihm war es egal, kein Internet zu haben und keine kalten Getränke. Was ihm wichtig war, war schreiben zu können. Also kramte er ein paar lose Blätter Papier heraus und fing an, per Hand zu schreiben. So wie früher, so wie die alten Dichter und Denker es auch immer getan hatten.

Zu Beginn musste er sich an den langsameren

Arbeitsprozess gewöhnen, denn er konnte wesentlich schneller tippen als schreiben. Außerdem gab es keine Löschtaste auf dem Papier – er war somit gezwungen, mehr nachzudenken, bevor er schrieb. Für sein Buch war das sicherlich von Vorteil, für seine Ungeduld war es jedoch eine große Herausforderung. Nach und nach fand er allerdings Gefallen an der Langsamkeit, und schließlich tauchte er tief in sie hinein. So tief, dass er Lucía absagte und eine Woche nicht mehr aus dem Wohnwagen rauskam.

In seiner Geschichte reisten die beiden Protagonisten, Vater und Tochter, durch Indien und erlebten viele verschiedene Abenteuer. Immer wenn sie im Bus oder Zug saßen, baute Ben die verschiedenen Fragen von Lucía in die Gespräche mit ein: Warum essen wir Hühner? Warum bist du nicht mehr mit Mama zusammen? Warum sprechen nicht alle die gleiche Sprache? Glaubst du an den Weihnachtsmann? Warum wohnst du in einem Wohnwagen?

Ben befand sich in absoluter Schreibtrance und füllte unzählige Blätter mit seiner eigenen Handschrift. Es war eine wundervolle Erfahrung, die er voll und ganz Johns Baumfällerkünsten zu verdanken hatte – denn ohne den umgestürzten Baum hätte es auch keinen Stromausfall gegeben. Und ohne Stromausfall, keine Langsamkeit.

Erst neun Tage später kam er wieder aus seiner Trance heraus, und auch nur, weil Tatiana sich zum Abendessen angekündigt hatte. Er sprang unter die kalte Dusche, kratzte Zutaten für ein Risotto zusammen und öffnete seiner Besucherin mit den letzten Sonnenstrahlen das große Tor. Ohne künstliches Licht war ihnen gar nichts anderes übrig geblieben, als bei romantischem Kerzenschein zusammen zu sitzen – ein weiterer Vorteil, wenn es keinen Strom gab. Während des Essens erzählten sie sich aus ihrem Leben, sie litten miteinander, staunten und lachten viel. Als Ben die zweite Flasche Wein aufmachte und die erste Kerze ausging, beschloss Tatiana, die Nacht zu bleiben.

Am nächsten Morgen wachten sie zusammen im Wohnwagen auf. Es war Montag.
Ben erschien gut gelaunt und fast pünktlich an der Haltestelle. Seine Tochter kam ihm aufgeregt entgegen gelaufen.

„Ist Tatiana heute gesund?"

„Ich glaube schon."

„Kann ich also reiten gehen?"

„Na klar."
Gemeinsam fuhren sie zum Haus zurück, aßen eine Kleinigkeit und dann machte Lucía so schnell es ging ihre Hausaufgaben. Gegen fünf Uhr trafen sie auf dem Reiterhof von Patricia und Pedro ein, wo Tatiana bereits mit Picasso und dem Helm wartete. ‚Endlich wieder hoch oben auf dem Pferd sitzen' – Lucía hatte sich seit drei Wochen auf diesen Moment gefreut.

Sie genoss ihre Reitstunde in vollen Zügen, am liebsten hätte sie gar nicht mehr aufgehört. Zwischendurch bemerkte sie, wie Tatiana immer wieder den Blickkontakt zu ihrem Vater suchte. Irgendetwas schien sich da anzubahnen, ‚vielleicht haben sie sich ja sogar schon geküsst?' Sie mochte Tatiana und wusste, dass Ben nicht gerne alleine war – warum also nicht? So lange sie reiten konnte, sollte es ihr recht sein.

Die Stunde ging leider viel zu schnell rum, Lucía musste schweren Herzens wieder absteigen. Sie wollte gerade anfangen, das Pferd mit sauber zu machen, als Ben zu ihnen kam.

„Hey, wir müssen los. Wir wollten doch Pizza machen, und bald geht die Sonne unter. Du weißt doch, wir haben immer noch kein Licht."

Sie verabschiedeten sich von Tatiana und machten sich auf den Weg zurück. Lucía war in Gedanken weiterhin bei ihrer neuen Leidenschaft, dem Reiten.

„Papa, wieso heißt das Pferd Picasso?"

„Keine Ahnung, da musst du Tatiana fragen, oder Patricia oder Pedro. Irgendeinen Grund wird es sicherlich geben. Weißt du, wer Picasso war?"

„Ein Maler. Aus Málaga."

„Genau."

Lucía fand es komisch, ein Pferd genauso wie einen Maler zu nennen.

„Papa, warum heiße ich Lucía?"

„Weil deine Mutter und ich den Namen gut fanden. Gefällt er dir nicht?"

„Doch. Was bedeutet der nochmal?"

„Dein Name? Weißt du das nicht?"

„Ja, aber ich hab's vergessen."

„*Luz*, was heißt das auf Deutsch?"

„Ach ja, Licht."

‚Das war auch ein seltsamer Name', dachte sie. Aber er hörte sich schön an, das stimmte wohl.

„Zuerst wollten wir dich Carlota nennen."

„Carlota? Echt?"

Dann doch lieber Licht.

„Aber das ging ja nicht, weil ich doch das R nicht rollen kann. Dann hätte ich den Namen von meiner eigenen Tochter nicht richtig aussprechen können."

Lucía musste grinsen.

„Versuch mal!"

„Nein."

„Komm schon."

„Nein!"

„Wie heißt meine Mama?"

Ben wehrte sich einen Moment, dann gab er nach.

„Carmen."

Lucía lachte los.

„Nee, nicht Ca-men. Carrrrrrrmen. Mit rrrrrrrr."

„Das sagst du so einfach. Ich kann's halt nicht."

„Probier noch mal!"

„Vergiss es!"

„Nur einmal, bitte!"

„Carmen."

Lucía lachte wieder los, so heftig, dass sie fast vom Weg abkam.

„Mit rrrrrr, wieso kannst du das denn nicht?"

„Schluss jetzt!"

Ben war überhaupt nicht nach Lachen zumute. Er hatte so oft probiert, das verdammte R zu rollen, aber es wollte ihm einfach nicht gelingen. Irgendwann hatte er sich damit abgefunden, dass er sich nie wie ein Spanier anhören würde. Das war soweit auch in Ordnung, woran er sich allerdings noch nicht gewöhnt hatte, war die Tatsache, dass sich immer jemand über sein R lustig machte. Sogar seine eigene Tochter.

Sie kamen in der Abenddämmerung im Haus an, gerade noch rechtzeitig, um die Pizza zu machen. Zum Glück hatten John und Sue einen Gasherd, warmes Essen gab es also auch ohne Strom. Während Ben den Teig zubereitete, schnitt Lucía Pilze und Paprika. Er hätte liebend gerne auch Schinken auf die Pizza getan, aber er hatte seiner Tochter ja versprochen, weder Hühner noch Schweine zu essen. Zumindest in ihrer Anwesenheit war es besser, sich daran zu halten.

Eine Weile konzentrierten sich beide auf ihre Arbeit, ohne etwas zu sagen. Dann fiel Lucía die

Frage ein, die sie ihrem Vater mitgebracht hatte.

„Papa, bist du für Barça oder Madrid?"

„Warum willst du das denn wissen? Dich interessiert Fußball doch gar nicht, oder?"

„Nein, aber meine Mama ist für Madrid, und mein Opa für Barça. Und letzte Woche haben die sich deswegen ganz doll gestritten, und sie haben gefragt, für wen du bist."

„Ich mag weder Real Madrid, noch den FC Barcelona."

„Für einen musst du dich aber entscheiden."

„Warum?"

„Darum."

Er guckte sie leicht irritiert an.

„Für wen bist du denn?"

„Für Madrid. Und jetzt du!"

Ben dachte einen Moment nach. Er fand beide Vereine Scheiße.

„Für keinen."

„Aber wenn du einen nehmen musst, nimmst du Madrid oder Barça?"

„Wenn ich einen nehmen muss, dann ist das Borussia Mönchengladbach, das weißt du doch."

„Ja, aber in Spanien – Madrid oder Barça?"

„Málaga."

„Papa!"

„Echt Schatz, ich finde weder Madrid gut, noch Barcelona."

„Aber für einen musst du sein."

„Aber warum?"

„Weil alle für einen sind. Entweder für Madrid, oder für Barça."

Es war wirklich so: Alle Spanier bezogen eine klare Stellung, wenn es um die beiden alten Rivalen ging – Journalisten, Fabrikarbeiter, Banker, Politiker,

Studenten, Rentner, ja sogar Hausfrauen. Entweder man unterstützte den königlichen Hauptstadtclub, oder das Starensemble aus Katalonien. Neutralität gab es nicht – wenn die beiden Mannschaften aufeinander trafen, war das Land wie zu Zeiten des Bürgerkriegs in Zwei geteilt. Ben verstand das ganze Theater nicht. Und er verstand auch nicht, wieso er eine Mannschaft bevorzugen sollte, wenn ihm doch beide völlig unsympathisch waren. Das Gleiche passierte natürlich nicht nur im Fußball, sondern zum Beispiel auch in der Politik: Partei A oder Partei B? Links oder rechts? Und nicht nur in Spanien war das so, sondern leider fast überall auf der Welt. Oft konnte man scheinbar nur zwischen zwei Optionen wählen: Schwarz oder Weiß. Entweder – oder. Dabei gab es noch so viele andere Farben.

„Was würdest du denn sagen, wenn ich dir jetzt die Wahl geben würde: entweder eine Pizza mit Thunfisch, oder eine mit Sardinen?"

„Och Papa, du weißt doch, dass ich keinen Fisch mag."

„Ja und?"

„Ich will eine Margarita."

„Gibt's nicht! Thunfisch oder Sardinen?"

Lucía fand, ihr Vater war gemein. Sie verschränkte beleidigt die Arme.

„Siehst du, das ist das gleiche – ich mag Madrid und Barça auch nicht. Warum soll ich mich dann für einen von den beiden entscheiden? Ich nehme lieber Gladbach, oder Málaga. Genauso, wie du lieber eine Margarita nimmst."

„Aber Papa..."

„Was?"

Sie wusste nicht, was sie sagen sollte.

„Ist doch viel besser, wenn es viele verschiedene

Möglichkeiten gibt, aus denen man wählen kann. Das ist doch das Schöne am Leben – für jeden gibt es die passende Pizza und den passenden Fußballverein."

Lucía dachte nach. Sie verstand, was Ben ihr sagen wollte, trotzdem gab sie nicht locker. Sie brauchte unbedingt eine Antwort.

„Aber wenn es auf der ganzen Welt nur die zwei Mannschaften geben würde, wen würdest du nehmen – Madrid oder Barça?"

Ben schaute ihr direkt in die Augen.

„Barça!"

„Barça? Warum das denn?"

Lucía war empört.

„Um dich zu ärgern, was denkst du denn?"

„Du bist doof!"

„Du auch!"

Er grinste sie an und bekam als Antwort von ihr die Zunge rausgestreckt. Damit war das Thema erledigt. Sie belegten die Pizza, schoben sie in den Ofen und warteten, bis sie fertig war. Nach dem Essen gingen sie in den Wohnwagen und verbrachten den Rest des Abends damit, bei Kerzenlicht Karten zu spielen und für einen Grammatiktest zu lernen.

Kurz nach halb zehn war es dann Zeit, für Lucía ins Bett zu gehen. Sie zog ihre Sachen aus und legte sie ordentlich auf den Stuhl, der neben der Tür stand. Unter dem kleinen Tisch sah sie zwei Hosen und diverse T-Shirts von ihrem Vater, alle völlig durcheinander auf einen Haufen geknallt.

„Warum bügelst du eigentlich deine Sachen nie?"

Ben schaute sie überrascht an.

„Heute bist du aber in Fragelaune, was?"

Lucía starrte auf den zerknitterten Pulli, den er anhatte. Sie wartete auf eine Antwort.

„Ich finde, dass Bügeln reine Zeitverschwendung

ist. Ich mache lieber andere Dinge. Außerdem wohne ich in einem Wohnwagen, wieso sollte ich hier in gebügelten Hosen sitzen? Das interessiert doch niemanden, was ich anhabe."

Er hielt inne. Vielleicht interessierte es ja seine Tochter.

„Stört dich das, wenn meine Sachen nicht gebügelt sind?"

Lucía schüttelte den Kopf.

„Aber deine Mutter sagt wahrscheinlich, ich laufe rum wie ein Penner, richtig?"

Sie guckte ihn fragend an.

„Was ist ein Penner?"

„Jemand, der auf der Straße lebt und immer kaputte Sachen anhat."

Schweigen.

„So ähnlich sagt sie das, ja."

Nun war es Ben, der den Kopf schüttelte.

„Pass auf: Deine Mutter kann von mir aus den ganzen Tag bügeln, wenn sie will, von morgens bis abends. Wenn das für sie wichtig ist, dann soll sie das machen. Ich hasse Bügeln, und mir ist es egal, ob meine T-Shirts zerzaust sind oder nicht. Wenn ich auf eine Hochzeit gehe oder zu einem wichtigen Treffen, dann ziehe ich natürlich auch ein gebügeltes Hemd an. Aber wenn ich zu Hause bin, sehe ich da einfach keinen Sinn drin. Verstehst du das?"

Lucía nickte. Sie selbst hätte auch keine Lust, stundenlang am Bügelbrett zu stehen. Da spielte sie lieber auf ihrem Nintendo. Aber es war schon schön, gebügelte Sachen im Schrank zu haben.

‚Naja', dachte sie, ‚Papa hat ja momentan noch nicht einmal einen Schrank, da ist es wirklich egal.' Außerdem war er ein Mann, und Männer verstanden sowieso nichts von Klamotten.

„So, und jetzt Zähne putzen und dann ab ins Bett."

Fünf Minuten später lagen beide unter der Decke und Ben las noch ein Kapitel aus Momo vor, mit Hilfe einer Taschenlampe. Als er fertig war, legte er das Buch weg, gab seiner Tochter einen Kuss und stand auf.

„Papa, ich habe noch eine Frage."

„Noch eine? Okay, aber dann wird geschlafen."

„Ist gut."

Lucía zögerte einen Moment.

„Hast du Tatiana geküsst?"

Stille.

„Vielleicht."

„Vielleicht? Also ja!"

Ben knipste die Taschenlampe aus.

„Gute Nacht!"

8

Das Leben als Schriftsteller brachte zahlreiche Herausforderungen mit sich: Einsamkeit, schlaflose Nächte und leere Seiten, für die sich einfach nicht die richtigen Wörter finden lassen wollten. Als eigener Chef musste man sich ständig selbst in den Arsch treten und ohne festes Einkommen gab es ein erhöhtes Risiko von finanziellen Engpässen. Rückenprobleme, verursacht durch stundenlanges Sitzen in unnatürlichen Positionen, waren nur eine Frage der Zeit. Hinzu kam die Ungewissheit, ob der geschriebene Text je gelesen werden würde oder ob die ganze Arbeit nur eine Art Selbsttherapie war. Die romantische Idee von dem stets überglücklichen Buchautor existierte in der Realität also leider nicht – jeder Beruf hatte seine Schattenseiten, jede Erfolgsgeschichte ihren Preis.

Aber es gab natürlich auch Vorteile. Ein selbstständiger Schriftsteller konnte sich zum Beispiel jederzeit Urlaub nehmen. Einfach so, von jetzt auf gleich. Und genau das tat Ben am nächsten Morgen – er brachte Lucía zum Schulbus, packte einen kleinen Rucksack und fuhr mit Tatiana nach Granada. Ein paar gute Freunde in einer aufregenden Stadt besuchen, zusammen mit einer bildschönen Frau aus Argentinien – es war einer dieser Momente, die ausgelebt werden mussten.

Bens Freunde, ein junges Studentenpaar aus Italien, wohnten etwas oberhalb von Granada, fünf Minuten zu Fuß von der weltbekannten Alhambra entfernt. Ihr Zuhause: eine Höhle! Dagegen schien der alte Wohnwagen fast langweilig. Aber es war nicht einfach nur ein Loch im Fels: Die Höhle hatte eine Tür, Küche, Lounge und zwei Schlafzimmer. Es gab einen Kühlschrank, Musikanlage, Licht in allen Räumen und sogar Internet. Nur ein Badezimmer fehlte – gewaschen wurde sich mit Hilfe eines Eimers und das Klo war draußen zwischen den Kakteen. Wenn man früh am Morgen auf dem Pott hockte, konnte es zwar je nach Jahreszeit etwas frisch sein, aber dafür hatte man einen atemberaubenden Blick über die ganze Stadt. Abseits von jeglicher Hektik und doch ganz nah dran am Geschehen.

Im Mittelalter war Granada die Sommerresidenz der arabischen Herrscher gewesen. Heute war es eine pulsierende Studentenstadt, gefüllt mit Geschichte, Kultur und ganz viel Leben!

Ben kam in unregelmäßigen Abständen zu Besuch – immer dann, wenn er von seinem kleinen Küstenort die Schnauze voll hatte. Estepona bot ihm Ruhe und Einfachheit, es war eine stressfreie Oase in einer viel zu schnellen Welt. Doch manchmal hatte die andalusische Gelassenheit die Wirkung eines Schlafmittels – und wenn man nicht schlafen wollte, war das schlecht.

Ben und Tatiana verbrachten einige Tage zwischen Höhle, Altstadt und Tapas-Bars. Granada war einer der letzten Orte in Spanien, wo es zu jedem Glas Bier eine kleine Tapa gab. Ein Stück Tortilla, Fischkroketten, ein paar Fleischbällchen in Sauce – nie viel, aber immer genug, damit man spätestens nach dem sechsten Bier sowohl betrunken als auch satt war. Früher war das überall so gewesen, aber dann war irgendwann die ‚Friss-so-viel-du-kannst'-Mentalität über den Atlantik geschwappt und das Bier-plus-Tapa-Angebot wurde hoffnungslos ausgenutzt. Folglich gab es nur noch wenige spanische Bastionen, wo diese Tradition fortgeführt wurde – in der Regel überall dort, wo man der amerikanischen Kultur den Zutritt verweigert hatte.

Zusammen mit Tatiana genoss Ben die wundervollen Möglichkeiten der lebendigen Stadt: Sie probierten unzählige verschiedene Bars aus, schlenderten durch die engen Gassen, schauten Straßenkünstlern zu und besuchten kleine Konzerte. Oft saßen sie auch einfach nur in einem Café und beobachteten das Treiben, das um sie herum stattfand – die Passanten, den Verkehr, die Türen der Geschäfte, die auf und zugingen; die vielen Gespräche und Stimmen, die verschiedenen Gesichter. Verglichen mit all dem wirkte Estepona wie ein Friedhof – ein schöner Ort, sogar mit Meerblick, aber ansonsten nur tote Hose. Vor allem im Winter.

Die romantische Beziehung zwischen Ben und Tatiana nahm schnell die Gestalt von einem feurigen Tanz an. Etwas anderes war auch nicht zu erwarten gewesen: in Granada, mit seinem mittelalterlichen Palast und dem wilden Nachtleben, ein deutscher Schriftsteller und eine argentinische Reitlehrerin, in einer Höhle... Die Kulisse war einfach zu verführend gewesen und somit war ihnen gar nichts anderes übrig geblieben, als sich voller Leidenschaft einander hinzugeben.

Ben liebte all die aufregenden Momente, das Kribbeln im Bauch und das Leben im Hier und Jetzt. Und dennoch – manchmal war für seinen Geschmack bereits zu viel Feuer im Spiel. Obwohl sie sich erst seit kurzem kannten, hatte Tatiana bereits mit Eifersuchtsattacken zu kämpfen. Einmal kippte sie ein volles Bierglas über einer blonden Frau aus, weil diese sich zwei Minuten mit Ben unterhalten hatte und ihn angeblich angemacht hatte. Zugegeben, alle waren betrunken gewesen, aber für den Beginn einer harmonischen Beziehung war das kein gutes Vorzeichen gewesen. Also schaltete Ben einen Gang zurück und ließ gar nicht erst zu, dass er sich Hals über Kopf verliebte. Er musste sich eingestehen, dass er verrückte Frauen unglaublich attraktiv fand, aber gleichzeitig versuchte er, aus Fehlern der Vergangenheit zu lernen – lieber einen kleinen Schritt weg vom Feuer machen, als sich brutal die Finger zu verbrennen. Was natürlich nicht bedeutete, dass er keinen Spaß haben konnte.

Nach vier intensiven Tagen in Granada kehrten sie am Samstagmorgen nach Estepona zurück. Tatiana musste das Wochenende auf dem Reiterhof arbeiten und Ben war froh, dass er etwas Zeit hatte, sich von dem Feuertanz zu erholen. Außerdem musste er sich wieder auf seine Prioritäten konzentrieren: das Buch und die Montage mit seiner Tochter.

Dunkle Wolken bedeckten den Himmel, als Lucía zwei Tage später aus dem Bus stieg. Fast drei Monate hatte es nicht geregnet, die trockene Erde sehnte sich nach einer Erfrischung. Auch Ben wünschte sich eine klimatische Abwechslung – jeden Tag nur Sonnenschein war genauso langweilig, wie wochenlang schlechtes Wetter. Doch in Andalusien musste man sogar auf den Regen lange warten...

Der Nachmittag verlief wie geplant – Essen, Hausaufgaben, Reitstunde. Als sie auf dem Rückweg von dem Pferdehof waren, zog auf einmal ein kalter Wind auf und kurz darauf fielen die ersten dicken Tropfen zu Boden. Ben und Lucía kamen gerade noch rechtzeitig am Haus an, bevor der Himmel seine Schleusen öffnete. Wenn es in Südspanien regnete, dann richtig! Nicht so ein typisch deutscher, lästiger Nieselregen, sondern sintflutartige Wolkenergüsse –

ohne Gummistiefel und Ölzeug brauchte man gar nicht vor die Tür gehen. Im alten VW-Bus konnte man es kaum aushalten, weil die Regentropfen auf dem Metalldach einen mörderischen Lärm machten. Außerdem gab es immer noch keinen Strom und somit funktionierte die elektrische Heizung nicht. Im Wohnwagen war es also kalt und laut – viel zu ungemütlich für einen netten Abend. Ben und Lucía beschlossen daher, sich oben im Wohnzimmer mit an den warmen Kamin zu setzen.

Während es draußen dunkel wurde und weiter stürmte, zündete Sue im ganzen Haus Kerzen an. Anschließend machte sie für Ben und Lucía einen Kakao und servierte ihn mit einem großen Stück Käsekuchen. John bekam einen Whiskey mitgebracht und dann setzte sich Sue wieder aufs Sofa, direkt vor den Kamin. John saß neben ihr, und auf dem Sofa gegenüber waren Ben und Lucía.

„Sollen wir was spielen?", fragte Sue auf Spanisch.

„Ja!", sagte Lucía sofort. „Habt ihr ‚Mensch ärger dich nicht'?"

„Na klar."

John gab ihr einen müden Blick.

„Ich hab' keine Lust."

„Ach komm, eine Runde kannst du auch mitmachen. Los!"

Sie stupste ihren Mann an, der sich daraufhin gequält aufrichtete. Ben hatte eigentlich auch keine Lust auf ‚Mensch ärger dich nicht', aber ihm fiel keine Ausrede ein und somit fügte er sich dem Wunsch der beiden Frauen. Sue holte das Spiel und baute es zusammen mit Lucía auf.

„Ich bin rot. Papa, was willst du sein?"

„Schwarz."

„Gibt's nicht."

„Dann gelb."

Lucía begann und würfelte auf Anhieb drei Sechser hintereinander, gefolgt von einer vier. Ben war als nächstes an der Reihe und hatte eine zwei, eine drei und eine fünf.

„Ich glaube, heute ist nicht mein Glückstag."

Seine Tochter grinste ihn heimtückisch an, als hätte sie ihm das Glück geklaut.

John war dran. Er warf den Würfel in hohem Bogen Richtung Spielfeld, doch er verfehlte das Ziel. Statt auf dem Spielfeld landete der Würfel mitten in der roten Kerze, die auf dem Tisch stand. Wachs spritzte umher.

„John! Hast du sie noch alle? Was soll das?"

Sue guckte ihn böse an und kramte einen neuen Würfel aus dem Spielkarton. Ben und Lucía konnten sich ein leises Kichern nicht verkneifen.

„Zur Strafe setzt du aus. Ich bin dran!"

Das Spiel ging weiter. Sue und Lucía lieferten sich einen erbitterten Kampf um die Spitze, Ben und John machten den letzten Platz unter sich aus. Am Ende gewann Lucía, Sue wurde Zweite und Ben Dritter. John war kurz vor Schluss disqualifiziert worden, da er von seiner Frau beim Pfuschen erwischt worden war.

„Und jetzt? Nochmal?"

Lucía wollte weiterspielen, eine Glückssträhne musste man schließlich ausnutzen.

„Nee Schatz, später vielleicht. Hast du nicht dein Buch mitgebracht?"

„Doch."

„Na also, dann lies doch einfach etwas und nachher spielen wir nochmal, okay?"

Lucía nickte, schlug ihr Buch auf und lehnte sich zurück. Ben verschwand kurz unter dem Vorwand, auf Klo zu müssen – in Wirklichkeit rauchte er natürlich heimlich eine Zigarette, draußen unter dem Terrassendach. Als er zurückkam, nahm er sein Notizbuch und begann, ein paar neue Ideen für seine Geschichte aufzuschreiben. John blätterte in einer Tageszeitung und Sue widmete sich ihrem 800-Seiten Roman. Es kehrte Stille ein, zu hören war nur der prasselnde Regen und ein gelegentliches Knacken aus dem Kamin.

Nach einiger Zeit erhob sich John, nahm den Innenteil der Zeitung und schmiss ihn ins Feuer.

„Nur Müll in dem Drecksblatt", brummte er vor sich hin.

Den Rest der Zeitung reichte er zu Lucía rüber.

„Kannst du die bitte hinter dir auf den Papierstapel legen?"

Lucía griff wortlos nach der Zeitung. Sie wollte sie gerade weglegen, als ihr Blick auf dem Titelbild hängen blieb. Es war ein Foto von dem Papst, wie er mit gewohnt mürrischem Gesicht und gehobener Hand seine Anhänger grüßte. Lucía wusste sofort, wer er war, schließlich bestand ihre spanische Familie überwiegend aus strenggläubigen Katholiken. Sie betrachtete den alten Mann.

„Papa, warum sieht der Papst so traurig aus?"

Ben legte sein Notizbuch zur Seite und schaute sich das Titelbild der Zeitung an.

„Tja, glücklich sieht er in der Tat nicht aus."

„Vielleicht hat er Hämorrhoiden", merkte John an. Postwendend spürte er einen starken Seitenhieb von Sue.

„Das kannst du doch nicht sagen, wenn das Kind hier ist", zischte sie ihn an.

„Warum? Kann doch sein, dass er welche hat."

Lucía drehte sich zu ihrem Vater um.

„Papa, was sind Häm..."

„Hämorrhoiden? So eine Art großer Pickel, im Po."

„Oh."

„Ja, das kann sehr unangenehm sein. Aber ich glaube ehrlich gesagt nicht, dass der Papst deswegen so traurig aussieht. Dafür gibt's doch Medikamente."

„Vielleicht ist ihm ja die Frau weggelaufen", war Johns nächster Versuch. Wieder bekam er einen Seitenhieb von rechts.

„Es reicht!" Sue guckte ihren Mann leicht genervt an, dann wandte sie sich an Lucía. „Der Papst hat überhaupt keine Frau, die ihm weglaufen könnte."

Sie überlegte einen Moment.

„Vielleicht hatte er einfach einen schlechten Tag, als das Foto gemacht wurde."

„Das kann nicht sein", mischte sich John direkt wieder ein, „dann hätte er ja nur schlechte Tage. Der sieht doch immer so aus."

„Das stimmt", sagte Ben. „Ich habe den Papst noch nie lachen gesehen."

„Vielleicht hängt er in Gedanken am Kreuz fest..."

„John! Es reicht!"

„Was denn? Glücklich sieht er doch wirklich nicht aus, irgendeinen Grund muss es doch geben. Oder meinst du etwa, ihm geht's gar nicht schlecht?"

„Darf der Papst denn nicht einfach mal traurig sein?"

„Doch, aber lachen darf er auch. Ist er nicht das spirituelle Vorbild für Millionen von Menschen? Will er, dass alle so leidend dreinschauen wie er?"

Lucía hörte aufmerksam zu. Sie musste zugeben, dass sie den Papst noch nie sehr sympathisch gefunden hatte. Wenn sie ihm alleine auf der Straße begegnen würde, würde sie wahrscheinlich vor Angst weglaufen. Ihre Mutter und ihre Oma redeten allerdings immer mit größter Hochachtung über ihn, irgendetwas Gutes musste er also haben.

„Mama sagt, der Papst ist ein guter Freund von Gott."

„Das kann schon sein", sagte Ben, „aber so gesehen sind wir alle gute Freunde von Gott. Der Papst ist schließlich auch nur ein normaler Mensch, so wie du und ich."

„Nur haben wir nicht so schöne goldene Hüte wie er, und auch keine Diener."

Sue verdrehte die Augen. Es war hoffnungslos mit ihrem Mann, immer musste er seine sarkastischen Kommentare loswerden.

„Wo wohnt der Papst?", wollte Lucía wissen.

„Im Vatikan", antwortete Ben. „Das ist in Rom, in Italien."

„Hat er ein großes Haus?"

„Ja, ziemlich groß."

„Und hat er viel Geld?"

„Jedenfalls genug, um sich keine Sorgen machen zu müssen..."

„Was?", fiel ihm John ins Wort. „Genug, um sich keine Sorgen machen zu müssen? Der ist stinkreich! Und dann redet der die ganze Zeit vom Teilen – was teilt er denn außer schlechter Laune? Wenn ich den schon sehe, wie er winkend in seinem gepanzerten Wagen durch die Gegend fährt, da könnte ich jedes Mal kotzen!"

John stand auf, um sich einen weiteren Whiskey zu holen. Während Ben und Sue ratlos mit den Schultern zuckten, begann Lucía, angestrengt nachzudenken. Wenn der Papst reich war und ein großes Haus mit Dienern hatte, wenn er keine Pickel im Po hatte und dazu auch noch ein guter Freund von Gott war –

wieso sah er dann trotzdem so traurig aus?

„Und du Lucía, was glaubst du – warum sieht er nicht glücklich aus?"

Sue schaute sie fragend an.

„Vielleicht ist er traurig, weil er schon ganz alt ist und bald sterben muss."

„Das kann natürlich sein."

„Hm, ich weiß nicht", sagte Ben. „Es gibt viele Leute, die sind noch viel älter als der Papst, und die lachen den ganzen Tag."

„Wir können ihm ja mal einen guten Witz schicken", rief John aus der Küche. „Kennt ihr den mit den drei Engeln in der Hölle?"

„Nein!", schrie Sue zurück, „und wir wollen ihn auch nicht hören!"

Ben stellte sich vor, wie es wäre, wenn der Papst selbst einen Witz über die Hölle erzählen würde; oder überhaupt irgendeinen Witz. Es würde ihn auf jeden Fall viel sympathischer machen. Er musste daran denken, was John gesagt hatte – dass der Papst ein spirituelles Vorbild war, für Millionen von Menschen. Ben war nicht religiös, folglich waren ihm alle Religionen ziemlich gleichgültig. Er betrachtete sie wie eine Art Club, wo Leute mit gleichen Interessen zusammen kamen. Ähnlich wie ein Golfclub, oder ein Fußballverein, oder eine Kochgruppe. Spiritualität war dagegen etwas ganz anderes – es war die direkte Verbindung zwischen einem Menschen und Gott.

Lucía hatte ihm vor einigen Jahren einmal erklärt, dass Gott ein lustiger Mann im Himmel war, der alle lieb hatte. Wenn der Papst also so einen guten Draht zu Gott hatte, warum lachte er dann nicht? Ben dachte an den Dalai Lama, das Oberhaupt der tibetischen Buddhisten. Auf jedem Foto und in jedem Interview sah man ihn immer fröhlich lachen, als ob er sagen wollte ‚Seht her! Ich bin glücklich. Es ist ganz einfach!' Ben wollte kein Buddhist werden, aber wenn er ein spirituelles Vorbild wählen müsste, würde er eher dem Dalai Lama folgen, als dem Papst. Nicht weil der Dalai Lama mehr lachte, sondern weil er Zufriedenheit ausstrahlte. Wieso sollte er einer Person wie dem Papst nacheifern, der dicke Goldringe trug und doch todunglücklich wirkte?

Lucía meldete sich wieder zu Wort.

„Vielleicht arbeitet er zu viel und ist einfach müde?"

„Ja, vielleicht."

Ben wusste nicht genau, was er sagen sollte. Sue machte für ihn weiter:

„Weißt du, Lucía, es gab früher auch Päpste, die glücklich waren. Der letzte hat zum Beispiel ganz oft gelacht. Vielleicht ist der jetzige Papst einfach ein trauriger Mensch, so was gibt's ja auch."

„Wäre es dann nicht besser, wenn jemand anderes Papst ist?"

„Ja, das wäre in der Tat besser."

In dem Moment kam John mit einem zweiten Kakao für Lucía und seinem Whiskey zurück. Er stellte die Getränke ab und ließ sich aufs Sofa fallen.

„ICH könnte doch Papst werden."

Sue und Ben lachten los.

„Bist du nicht schon vor dreißig Jahren aus der Kirche ausgetreten?"

„Na und? Wenn die mich zum Papst machen, kann ich ja wieder eintreten."

Lucía war sich nicht sicher, ob ihre spanische Familie es so gut fände, wenn John der neue Papst werden würde. Als erstes müsste er zum Friseur, um sich seinen grauen Pferdeschwanz abzuschneiden. Das mit dem Whiskey trinken müsste er bestimmt sein lassen und fluchen dürfte er auch nicht mehr. Ob das gut gehen würde? Vielleicht doch besser jemand anderes... Letzten Endes war es ihr aber völlig egal, wer Papst war. Sie verstand ohnehin nicht, warum man einen Papst brauchte – ging es nicht auch ohne?

Sie nahm ihr Buch, lehnte sich zurück und ließ die Erwachsenen alleine weiter reden. Ein warmer Kamin, eine Tasse Kakao und eine gute Geschichte – es war doch eigentlich ganz einfach, glücklich zu sein.

9

Drei Tage regnete es ohne Unterbrechung. Kurz bevor der blaue Himmel zurückkehrte, beendete Ben seine Affäre mit Tatiana. Sie hatte sich tierisch aufgeregt, weil er vergessen hatte, dass Valentinstag war. Mit viel südamerikanischem Drama hatte sie ihm vorgeworfen, dass er sich gar nicht für sie interessieren würde und sowieso völlig unromantisch war. Für Ben war es der Tropfen gewesen, der das Fass zum Überlaufen gebracht hatte – Tatiana war ihm einfach viel zu irrational! Die Zeit in Granada war etwas Besonderes gewesen, keine Frage, aber die anfängliche Euphorie hatte doch schnell nachgelassen. Es gab zu viele Kleinigkeiten, die Ben zweifeln ließen – zweifeln an der Möglichkeit, mit Tatiana eine langfristige Beziehung einzugehen. Hinzu kam, dass die geographische Situation alles andere als einfach war – Tatiana fühlte sich in Argentinien zu Hause, Ben hatte eine Tochter in Spanien und Familie in Deutschland. Nur eine gute, auf Vertrauen basierende Beziehung konnte solche Distanzen überbrücken. Mit Tatiana war das Leben zwar sehr aufregend, aber ständig bestand die Gefahr, dass sie aus irgendeinem Grund ausflippte. Ein klein wenig erinnerte sie ihn sogar an Lucías Mutter.

Da Ben keine Lust hatte, seine kostbare Zeit mit unnötigen Streitereien zu vergeuden, hatte er Tatiana den Laufpass gegeben. Natürlich tat sie ihm leid, aber sehr schwer war ihm die Entscheidung nicht gefallen – die rosa Brille hatte er schließlich schon nach wenigen Tagen abgelegt. Es war wirklich erstaunlich: Genauso schnell, wie man sich verlieben konnte, konnte man sich auch wieder endlieben.

Nachdem er die unangenehme Nachricht übermittelt hatte, fühlte er Erleichterung – hatte er vielleicht endlich mal aus einem Fehler gelernt? Nicht, dass er Lucía für irgendetwas in der Welt getauscht hätte, aber die Beziehung mit ihrer Mutter war keine Erfahrung, die er wiederholen wollte.

Ben hatte wieder Zeit, sich voll auf sein Buch zu stürzen. Es war Mitte Februar und er hatte ungefähr die Hälfte geschafft. Die fiktive Reise durch Indien war in vollem Gange und er genoss es, tief in die Geschichte einzutauchen. Er schrieb weiterhin mit Stift und Papier, da es noch immer keinen Strom im Haus gab. Über drei Wochen waren vergangen – die Techniker der Elektrizitätsfirma schienen einen Winterschlaf zu halten. In Deutschland war so etwas kaum denkbar – wenn dort etwas kaputt war, wurde es repariert, und zwar in der Regel so schnell wie möglich. In Spanien konnte man froh sein, wenn es überhaupt repariert wurde. *Mañana mañana*, alles wurde immer schön auf den nächsten Tag verschoben. Für Menschen mit nordeuropäischer Mentalität brachte diese Lebensphilosophie vor allem eines: Stress! Der Alltag in Andalusien konnte einen in den Wahnsinn treiben, wenn man daran gewöhnt war, dass alles immer funktionierte, überall Ordnung herrschte und alle Termine pünktlich eingehalten wurden. Viele Ausländer ergriffen nach einigen Jahren verzweifelt die Flucht, weil sie mit dem Chaos und der Langsamkeit einfach nicht klar kamen. Diejenigen, die es schafften, sich anzupassen, erhielten als Belohnung eine große Portion andalusische Gelassenheit. Ein Geschenk, das in Nordeuropa fast unbezahlbar war.

Einer der besten Orte, um Gelassenheit und Geduld zu trainieren, war der Garten. Jedes Mal, wenn Ben eine seiner Schreibkrisen hatte und frustriert fest-steckte, ging er raus und half in den Gemüsebeeten. Nach der mehrtägigen Regenunterbrechung gab es reichlich Arbeit, stundenlang war er beschäftigt. Mit dem Kopf an der frischen Luft und den Händen im Dreck, Unkraut rupfen, die Erde lockern, Samen setzen – monotone Tätigkeiten, die perfekt waren, um die Zeit zu vergessen und auf neue Gedanken zu kommen.

Es war Sonntagabend. Ben hatte sich gerade an den Kamin gesetzt, um das Wochenende gemütlich aus-klingen zu lassen, als sein Telefon klingelte. Er nahm ab und hörte die aufgebrachte Stimme von Carmen am anderen Ende.

„Alles klar?"

„Nein, nichts ist klar. Deine Tochter ist ein Desaster!"

„Was ist los?"

„Das ganze Wochenende hat sie absolut nichts für die Schule getan, und jetzt habe ich auch noch herausgefunden, dass sie im letzten Mathetest eine Vier hatte. Sie hatte es mir noch nicht einmal gesagt, ich weiß gar nicht, was sie sich dabei denkt. Das geht so einfach nicht weiter."

„Und was hat Lucía dazu gesagt?"

„Nichts! Sie saß nur da und hat mit den Schultern gezuckt. Und jetzt ist sie beleidigt in ihrem Zimmer, weil ich ihr eine geknallt habe."

Ben schluckte. Was sollte er sagen? Sich aufregen wegen der Gewalt an seiner Tochter? Oder der Mutter gegenüber Verständnis zeigen und Ruhe verbreiten, damit nicht gleich die nächste Ohrfeige in Richtung Lucía fliegen würde?

„Okay, lass sie einfach in ihrem Zimmer sitzen, ich

rede morgen mit ihr, wenn sie bei mir ist."

Carmen regte sich noch fünf Minuten auf, jammerte, meckerte und ließ ihre ganze Wut an Ben aus. Dann beruhigte sie sich etwas, gab ihm einige Anweisungen für das Gespräch mit Lucía und legte schließlich entnervt auf. Es war genau die Art von Anruf gewesen, auf die er an einem gemütlichen Sonntagabend gerne verzichtet hätte.

Am nächsten Tag kam Ben fast pünktlich an der Haltestelle an und nahm seine Tochter mit einem dicken Kuss in Empfang.

„Na du, wie geht's dir?"

„Gut." Sie guckte ihn verlegen an. „Ich weiß, ich muss mehr für die Schule tun."

„Da reden wir gleich drüber."

Gemeinsam gingen sie in Richtung Auto.

„Was macht denn die Backe?"

„Die Backe?"

„Mama hat mir gesagt, dass sie dir eine Ohrfeige gegeben hat."

„Ach so, ja. Hat ganz schön geknallt", kicherte sie.

„Oh, das tut mir leid. Hat's wehgetan?"

„Nö. Die lauten tun nie weh."

Ben blieb ruckartig stehen.

„Wie oft passiert das denn?"

„Was?"

„Na dass Mama dir eine knallt."

„Ab und zu, ist aber nicht schlimm."

Vielleicht musste er doch mal ein ernstes Wort mit Carmen reden. Er fand eine Ohrfeige zwar nicht weiter dramatisch, aber zur Gewohnheit sollte das nicht werden. Vor allem wurden so keine Probleme gelöst.

Sie fuhren zum Haus zurück, machten sich eine Kleinigkeit zu essen und setzten sich dann im Wohnwagen aufs Bett.

„Also, was ist bei dem Mathetest passiert?"

„Der war ganz schwer, fast alle Kinder hatten eine Vier", antwortete Lucía zu ihrer Verteidigung.

„Nur weil fast alle eine Vier hatten, heißt das ja nicht, dass du auch eine haben musst."

„Ich weiß, aber die Lehrerin hatte das nicht gut erklärt."

„Habt ihr das der Lehrerin gesagt?"

„Ja."

„Gut."

Für Ben war dieser Teil damit erledigt. Wenn etwas schlecht erklärt wurde, konnte man auch nicht verlangen, dass alles richtig gemacht wurde.

„Und was ist mit den Hausaufgaben los?"

Lucía dachte einen Moment nach. Ihrem Vater konnte sie ja eigentlich die Wahrheit sagen.

„Die sind ganz langweilig."

Sie verzog ihr Gesicht. Sie hasste es, etwas machen zu müssen, worauf sie überhaupt keine Lust hatte.

„Papa, warum muss ich Hausaufgaben machen?"

„Was denkst du denn, warum?"

„Damit ich gute Noten bekomme."

„Nur deswegen?"

„Und damit ich später eine gute Arbeit finde."

„Genau. In erster Linie machst du die Hausaufgaben also nicht für die Schule, sondern für dich selbst. Damit du etwas lernst, was dir später helfen wird."

„Aber Mathe, wozu soll ich das brauchen?"

„Wenn du zum Beispiel irgendwann mal in einem Geschäft arbeitest, dann musst doch wissen, wie man rechnet. Ansonsten vertust du dich mit dem Geld."

„Ich will aber sowieso nicht in einem Geschäft arbeiten."

„Okay. Was willst du denn gerne machen? Hast du dir das schon mal überlegt?"

Eigentlich war das eine schwachsinnige Frage – wieso sollte sich eine Neunjährige damit beschäftigen, was sie in zehn Jahren machen will. Lucía zögerte einen Moment.

„Also...entweder Schauspielerin, oder...Tierärztin."

„Gut. Als Schauspielerin musst du in der Tat nicht rechnen können. Aber wenn du Tierärztin werden willst, dann musst du ganz viel Biologie studieren und..."

„Was ist Biologie?"

„Das ist ein Fach, wo du alles über die verschiedenen Lebewesen lernst. Also Menschen, Tiere und Pflanzen. Zum Beispiel wie das Herz von einem Pferd aussieht, wie es genau funktioniert und aus was für Teilen es besteht."

„Und dafür brauche ich Mathe?"

Ben starrte sie an. Zugegeben – eine verdammt gute Frage! Man lernte in der Schule leider viele Dinge, die man nie brauchen würde. Und umgekehrt war es genauso: Viele Dinge, die im Leben wirklich wichtig waren, wurden im Klassenzimmer nie erwähnt. Stattdessen hagelte es Unmengen an Ballastwissen, mit dem fast niemand etwas anfangen konnte und das scheinbar nur dazu diente, den Schülern und Studenten das Leben zu erschweren. Wieso in aller Welt musste man Mathe können, wenn man Tieren helfen wollte?

„Glaub mir einfach: Im Leben ist es manchmal sehr hilfreich, wenn man gut rechnen kann. Aber es gibt ja auch noch andere Fächer – magst du die denn lieber als Mathe?"

„Geht so."

„Welche magst du denn?"

„Musik. Und Kunst."

„Sonst nichts?"

Lucía dachte kurz nach und schüttelte dann ihren Kopf. Sie hatte schon immer eine eher künstlerische als wissenschaftliche Ader gehabt. Das mit der Tierärztin könnte also kompliziert werden.

„Hey, ich gebe ja zu, dass man in der Schule manchmal Sachen lernen muss, die man gar nicht braucht. Manche Dinge sind allerdings auch nützlich. Wenn Du Schauspielerin werden willst, musst du zum Beispiel gut lesen können, damit du die ganzen Texte verstehst und auswendig lernen kannst. Und Schreiben ist auch wichtig. Stell dir vor, wenn du eines Tages einen Jungen nett findest und ihm einen Brief schickst. Wenn der Brief voller Fehler ist, wird der Junge vielleicht sagen, nein, mit einem Mädchen, das nicht richtig schreiben kann, will ich nicht zusammen sein."

Lucía guckte ihren Vater irritiert an.

„Ich glaube nicht, dass es einen Jungen interessiert, wie viele Fehler ich beim Schreiben mache."

Ben stockte. Seine Tochter hatte wohl Recht. Und Briefe wurden auch immer weniger geschrieben, wahrscheinlich war das also nicht die beste Motivation, um Schreiben zu lernen.

„Vielleicht möchtest du ja irgendwann mal ein eigenes Lied komponieren, dafür musst du auch schreiben können."

,Das schon eher', dachte sich Lucía.

„Weißt du, manchmal kann es blöd sein, wenn man sich mit Hausaufgaben rumschlagen muss und man eigentlich viel lieber draußen spielen würde. Aber viele Dinge, die du jetzt lernst, brauchst du später nicht mehr zu lernen. Als ich zehn war, ungefähr so alt wie du, da gab's bei mir in der Schule Gitarrenunterricht. Nur für die, die wollten, es war keine Pflicht. Nach einem Jahr hatte ich keine Lust mehr gehabt und habe aufgehört. Heute bereue ich, dass ich nicht weiter gemacht habe – sonst könnte ich jetzt nämlich Gitarre spielen."

„Ja Papa, aber Gitarre spielen ist etwas anderes, als Mathe-Hausaufgaben."

„Das stimmt. Aber was ist denn, wenn du auf einmal doch Tierärztin werden willst? Wenn du jetzt nicht gut rechen lernst, musst du das irgendwann alles nochmal machen."

Lucía suchte nach Gegenargumenten, fand aber auf die Schnelle keine.

„Je mehr du lernst, desto mehr Möglichkeiten hast du später. Wenn du Mathe kannst, und Schreiben und Lesen und die ganzen anderen Sachen, dann kannst du eines Tages frei wählen, was du machen möchtest. Ob das Tierärztin ist, Schauspielerin oder was auch immer du willst."

Beide schwiegen für eine Weile. Lucía verstand, was ihr Vater sagte – natürlich wollte sie sich ihren Beruf frei aussuchen können. Aber sie fand es trotzdem doof, Hausaufgaben machen zu müssen. Sie fragte sich, warum es keine Hausaufgaben gab, die Spaß machten? Dann würde es ihr viel leichter fallen, sich anzustrengen.

„Das Gute ist auch", fuhr Ben fort, „wenn du etwas einmal richtig gelernt hast, dann weißt du das dein ganzes Leben lang. Meine Oma, also deine Uroma, die hat immer gesagt, ‚Was du im Kopf hast, kann dir niemand mehr wegnehmen!'"

„Aber Papa, man kann doch nicht alles behalten, was man in der Schule lernt."

„Alles nicht, aber das wichtige schon. Und um zu wissen, was wichtig ist, musst du halt erst mal alles kennenlernen. Das ist ungefähr so, wie wenn du zehn Äpfel hast und wissen willst, welche drei am besten schmecken. Um das herauszufinden, musst du alle zehn probieren. Weißt du, was ich meine?"

Lucía nickte.

„Mit dem Lernen ist das auch so: Du probierst einfach verschiedene Fähigkeiten aus. Also Rechnen, Schreiben und Lesen, aber auch Dinge wie Malen, Tanzen, Singen und Basteln. Oder eine Sportart, oder ein Instrument, oder ein bestimmtes Fach wie Erdkunde, Deutsch oder Biologie. Wenn du alles kennengelernt hast, dann kannst du später selbst entscheiden, was für dich nützlich ist und was nicht. Und alles, was du nicht brauchst, kannst du dann wieder aus deinem Kopf rauswerfen."

Lucía nickte erneut in Zustimmung, obwohl sie in Gedanken schon ganz wo anders war. Sie hatte keine Lust mehr, weiter über Schule zu sprechen.

„Also gut, ich werde die Hausaufgaben ab jetzt besser machen."

Ben lächelte zufrieden.

„Wenn ich nachher fertig bin, darf ich dann reiten gehen?"

‚Klar', wollte er antworten, doch dann fiel ihm eine von Carmens Anweisungen ein. Das Lächeln verschwand wieder aus seinem Gesicht.

„Heute nicht. Mama hat mir gesagt, dass du eine Woche Hausarrest hast. Weil du ihr nicht gesagt hast, dass du eine Vier hattest."

„Aber ich bin doch bei dir."

„Ja, aber Hausarrest ist Hausarrest. Und deine Mama hat Recht: Wenn du die Sachen für die Schule nicht vernünftig machst, dann darfst du auch keine anderen Sachen machen. Ich weiß, dass ich meistens nicht so streng bin wie deine Mutter, aber wenn du jeden Tag bei mir wärst, wäre das bestimmt auch anders."

„So streng wie die Mama könntest du gar nicht sein."

„Bist du dir da sicher?"

Er gab ihr einen herausfordernden Blick.

„Ganz sicher!"

„Na gut. Aber bei dem Hausarrest unterstütze ich deine Mutter voll und ganz. Also – heute wird nicht geritten!"

„Och Papa!", empörte sich Lucía.

„Keine Chance!"

Bei aller Kritik, die Ben für Carmen hatte – an die Regeln, die sie für Lucía vereinbart hatten, hielten sich beide. Es war eine Frage von Respekt. Außerdem kam ihm der Hausarrest selbst auch sehr gelegen, denn er hatte keine Lust, Tatiana über den Weg zu laufen. Der südamerikanische Vulkan konnte jederzeit ausbrechen und da war es besser, nicht in der Nähe zu sein.

Lucia saß in der Ecke und schmollte vor sich hin. Ihre Eltern hatten zwar sehr verschiedene Persönlichkeiten, aber was den Hausarrest anging, waren beide genau gleich blöd. Und alles nur wegen einer Vier in Mathe, was für eine Ungerechtigkeit! Dabei hatte sie sich so aufs Reiten gefreut.

„Willst du ein Geheimnis wissen?", fragte Ben.

„Was?"

„Ich habe früher auch nicht so gerne Hausaufgaben gemacht."

„Echt?"

„Echt.

Lucía begann zu lächeln. Wenn ihr Vater genau so dachte wie sie, dann konnte es ja nicht so schlimm sein, dass sie Hausaufgaben langweilig fand.

„Aber ich habe sie trotzdem gemacht. Manchmal war das nicht lustig, aber dramatisch war es auch nicht. Und als ich mit der Schule fertig war, konnte ich mir frei aussuchen, was ich machen wollte, das war schon super. Also: Augen zu und durch!"

Tja, das sagte sich natürlich so einfach. Ben hatte es gehasst, Hausaufgaben machen zu müssen. In Lucías Alter vielleicht noch nicht, aber spätestens mit vierzehn hatte er keine Lust mehr auf die Schule gehabt. Er wollte gar nicht daran denken, wie es sein würde, wenn seine Tochter einige Jahre älter war... Genau wie Lucía hatte er nie verstanden, warum Hausaufgaben und Unterricht keinen Spaß machen konnten. Er gab die Schuld einem großen Missverständnis, das in der Bildungswelt herrschte: der Mensch war nicht von Natur aus faul! Vor allem Kinder waren neugierig und wollten lernen – nur halt nicht immer das, was die Erwachsenen ihnen beibringen wollten. Von wenigen Ausnahmen abgesehen war die Schule leider ein Ort, wo man lernte, Dinge zu tun, die man nicht mochte. Manche nannten das Disziplin, für Ben kam es einer Tragödie gleich. War es verwunderlich, dass so viele Menschen ihr Leben lang Dinge taten, die sie nicht mochten? Wenn sie genau das gelernt hatten – pauken, sich abrackern, Mund halten. Diszipliniert durch ein freudloses Leben wandern.

Ben fand, dass die Schule meistens nicht sehr gesund war – zumindest, wenn Gesundheit über Glück definiert wurde. Man lernte, sich anzupassen, aber man lernte nicht, glücklich seinen eigenen Weg zu gehen. Hier und da gab es allerdings Lehrer, die zeigten, dass es auch anders ging. Lehrer, die das Lernen lebendig gestalteten und individuelle Fähigkeiten förderten; die ihre Schüler inspirierten, anstatt emotionslos den Lehrplan durchzugehen und sich schon montags nach dem nächsten Wochenende zu sehnen. Meistens war leider Letzteres der Fall und somit lag die Verantwortung für Bildung und Inspiration außerhalb des Klassenzimmers.

„Weißt du, was du machen kannst, damit die Schule einfacher wird?"

Lucía zuckte ratlos mit den Schultern.

„Lesen!"

‚Das ist okay', dachte sie sich. Bücher mochte sie gerne.

„Ich hatte einen Freund in der Schule, der hat fast nie für Tests gelernt und trotzdem hatte er immer die beste Note. Und das einzige, was er anders gemacht hat als alle anderen, war, dass er ganz viel gelesen hat. Jeden Tag etwas."

Ben guckte seine Tochter von der Seite an. Es schien ihm, als könnte sie sich mit der Idee anfreunden.

„Pass auf, wenn du dich ab jetzt mit den Hausaufgaben mehr anstrengst und versuchst, gute Noten zu bekommen, dann darfst du dir einmal im Monat ein Buch aussuchen. Was meinst du?"

Lucía nickte zustimmend.

„Abgemacht?"

Er reichte ihr die Hand, um die Vereinbarung zu besiegeln.

„Abgemacht."

Beide lächelten zufrieden – das Problem der Hausaufgaben schien vorerst gelöst. Blieb also nur eine Frage offen:

„Papa, darf ich echt nicht reiten gehen?"

Ben schüttelte den Kopf.

„Nur eine halbe Stunde? Bitte!"

„Negativ."

Lucía zog fragend ihre Augenbrauen zusammen.

„Was bedeutet negativ?"

„Negativ bedeutet, dass etwas nicht positiv ist. Also in diesem Fall: Nein!"

„Och Papa..."

10

Nachdem er seine Tochter am Dienstagmorgen zum Bus gebracht hatte, half Ben ein paar Stunden im Garten und sammelte dabei neue Ideen für sein Buch. Gegen Mittag kehrte nach fast einem Monat endlich wieder der Strom zurück und somit verbrachte er den Rest des Tages damit, all die vollgeschriebenen Blätter der letzten Wochen in den Computer einzugeben. Zu seiner Freude hatte er viel mehr geschafft, als er gedacht hatte. Mittwoch und Donnerstag zog er sich komplett in den Wohnwagen zurück und arbeitete fast ohne Unterbrechung an seiner Geschichte. Er hatte die Erfahrung genossen, per Hand zu schreiben, aber mit dem Computer gab es einen entscheidenden Vorteil: Geschwindigkeit! Manchmal kamen seine Gedanken in Windeseile um die Ecke geschossen und wenn er dann nicht schnell genug war, flogen sie einfach an ihm vorbei. Mit dem Stift hatte er öfters Schwierigkeiten gehabt, die aufkommenden Wörter rechtzeitig von seinem Kopf aufs Papier zu transformieren. Mal hatte er zu langsam geschrieben, mal war die Miene alle oder die Seite voll gewesen, und einmal hatte er sogar einen Krampf in der Hand gehabt. Dank der Tastatur und seinem Acht-Finger-System konnte er die Gedanken problemlos einfangen, ohne Gefahr zu laufen, die wertvollen Geistesblitze zu verlieren.

Freitagmorgen hatte er sich gerade wieder vor den Bildschirm gesetzt, als es an der Tür klopfte. Er guckte raus und sah Tatiana vor dem Wohnwagen stehen. Schon seit einigen Tagen hatte er überhaupt nicht mehr an sie gedacht gehabt. Als er aufmachte, begrüßte sie ihn mit einem netten Lächeln und reichte ihm zwei Bücher, die er ihr geliehen hatte. Ben war allerdings misstrauisch – wollte sie wirklich nur die Bücher zurückbringen oder war es eine Ausrede, um ihn zu sehen? Seine Sorge war jedoch unbegründet: Tatiana war mit rein freundschaftlichen Absichten gekommen. Sie blieb auf einen Tee und erwähnte die Affäre der beiden mit keinem Wort. Ihr innerer Vulkan hatte sich wieder auf Normaltemperatur abgekühlt. Ben war erleichtert und genoss es sogar, für einige Zeit eine hübsche Ablenkung vom Computer zu haben. Nach einer halben Stunde verabschiedete sich Tatiana und verließ den Wohnwagen in Richtung Haus. Ben blickte ihr durch die offene Tür hinterher. ‚Also attraktiv ist sie ja schon...', dachte er. Und dann passierte etwas, das er wenige Momente später bereuen würde – ein mentaler Kurzschluss:

„Wenn du willst, komm doch heute Abend zum Essen vorbei."

Tatiana drehte sich um und zögerte.

„Vielleicht", sagte sie schließlich und verschwand hinter den Obstbäumen.

Ben starrte ins Nichts. ‚Vielleicht' konnte alles Mögliche bedeuten. Und dann kam er auf einmal wieder zu sich: ‚Warum? Warum zum Teufel lade ich sie zum Essen ein?' Er fasste sich an den Kopf. Ja, attraktiv war sie, aber hatte er sich nicht bereits klar gegen das Drama entschieden? Tatiana wieder einzuladen, damit setzte er ihr gegenüber ein völlig falsches Zeichen. Wieso hatte er nicht einfach seinen Mund halten können? Er rauchte eine Zigarette und überlegte, wie er aus dieser Situation wieder rauskommen konnte. Vielleicht hatte er ja Glück und sie würde von sich aus absagen. Wenn nicht, dann musste er sich irgendeine Ausrede einfallen lassen – oder ehrlich sein und das unüberlegte Angebot zurückziehen. Er beschloss, abzuwarten und vorerst nicht weiter darüber nachzudenken.

Ben setzte sich wieder vor den Bildschirm und schrieb weiter. In seiner Geschichte reisten die beiden Protagonisten gerade durch Rajasthan, dem großen Wüstenstaat im Westen Indiens. Kamele, Turbane, Diamantenhändler – es gab eine Vielzahl von exotischen Zutaten, die er in seinem Buch verarbeiten konnte. Die Stunden vergingen wie im Fluge.

Am späten Nachmittag begann sein Körper nach etwas Bewegung zu verlangen. Ben willigte ein, machte den Computer aus und suchte den Auto-schlüssel, um für einen Spaziergang an den Strand zu fahren. Es war erstaunlich, wie so ein Schlüssel in einem kleinen Wohnwagen immer wieder abhanden-kommen konnte. Er brauchte geschlagene zehn Minuten, um ihn schließlich unter einem Haufen von Papier zu finden. Jacke an, Tür zu und los ging's.

Als er das große Eingangstor hinter sich ge-schlossen hatte und sich auf den Weg in Richtung Auto machte, sah er einen Polizeiwagen, der den kleinen Schotterweg neben dem Haus heraufgefahren kam. Ben war überrascht, denn Polizei sah man in diesem Teil von Estepona nur sehr selten. Er blieb neugierig stehen und beobachtete, wie sich der Wagen langsam näherte. Als er Sichtkontakt zu dem Fahrer und Beifahrer hatte, nickten ihm die beiden Beamten flüchtig zu, Ben nickte zurück und dann fuhr der Streifenwagen an ihm vorbei. Er konnte gerade noch einen kurzen Blick in das hintere Fenster werfen – und zuckte mit einem Mal zusammen! Hatte er richtig gesehen? War das Tatiana gewesen, da auf der Rückbank? Der Wagen erreichte die geteerte Straße, beschleunigte und fuhr davon. Ben blieb verwirrt zurück. Er beschloss, sofort den Weg runter zum Reiterhof zu gehen und herauszufinden, ob er sich vielleicht geirrt hatte.

Er hatte richtig gesehen. Pedro erzählte ihm, was passiert war: Ein entnervter Nachbar hatte sich bei der Polizei beschwert, weil zum wiederholten Male eine Besucherin des Reiterhofs seine Ausfahrt zugeparkt hatte. Die Polizeibeamten waren auf den Hof gekommen und hatten nach dem Besitzer, Pedro, gefragt. Während sie auf ihn gewartet hatten, hatten sie sich umgeschaut und Tatiana gesehen, wie sie gerade drei Kindern Reitunterricht gab. Routinemäßig hatten sie nach ihrem Ausweis gefragt – und damit hatte das Problem angefangen. Die Beamten hatten schnell herausgefunden, dass Tatianas Visum abgelaufen war. Da sie illegal im Land war und zudem auch noch ohne Erlaubnis arbeitete, musste sie mit aufs Polizeirevier kommen.

„Und jetzt?", wollte Ben von Pedro wissen.

„Jetzt hilft Tatiana nur noch ein Wunder."

Seit die Wirtschaft in Spanien eingebrochen war, wurde gegen illegale Einwanderer hart durchgegriffen. Diejenigen, die man abschieben konnte, wurden so schnell wie möglich des Landes verwiesen. In Krisenzeiten war es nicht sehr populär, zu teilen.

Das Wunder blieb aus. Tatiana wurde noch am selben Abend nach Málaga gebracht, wo sie zwei Nächte in einem Deportationslager verbringen musste. Während der gesamten Zeit in Polizeigewahrsam wurde sie behandelt, als hätte sie ein schwerwiegendes Verbrechen begangen. Sonntagmorgen wurde sie dann mit 153 anderen Illegalen in ein Flugzeug gepackt und nach Südamerika verfrachtet, außerdem erhielt sie ein fünfjähriges Einreiseverbot nach Spanien. Montagmorgen wachte sie in ihrem Bett in Buenos Aires auf – das Abenteuer Europa war ruckartig zu Ende gegangen.

Ben wusste nicht, wie er sich fühlen sollte. Auf der einen Seite tat ihm Tatiana unendlich leid. Die ganze europäische Einwanderungspolitik war eine einzige Katastrophe – es erschien ihm grotesk, dass Menschen nicht frei wählen durften, wo sie sich aufhalten wollten. Tatiana war keine Kriminelle, sie hatte lediglich ihre Reise verlängern wollen. Wenn ein Europäer so in Südamerika behandelt worden wäre, hätte es einen großen Aufschrei gegeben. Es war eine Ungerechtigkeit, die nicht in Worte zu fassen war und die ihn traurig machte. Gleichzeitig fühlte er sich jedoch erleichtert, dass er nicht mehr in Versuchung kommen konnte, wieder etwas mit der verrückten Argentinierin anzufangen. Als hätte ihm das Leben geholfen, seine ursprüngliche Entscheidung durchzusetzen.

Montagnachmittag stieg Lucía wie gewohnt um kurz nach halb vier aus dem Schulbus. Ben hatte es geschafft, pünktlich an der Haltestelle zu sein und somit hatte der Busfahrer ausnahmsweise nichts zu meckern gehabt. Kaum saßen sie im Auto, kam die Frage, auf die Ben gewartet hatte:

„Papa, kann ich heute reiten gehen?"

Er warf einen Blick in den Rückspiegel und sah die Vorfreude in Lucías Gesicht. Pedro hatte ihm gesagt, dass jemand anderes seiner Tochter Unterricht geben würde – das Reiten konnte also weitergehen. Die lustige Lehrerin, mit der sich Lucía so gut verstanden hatte, war allerdings weg.

„Ja, wir können nachher runter zum Hof gehen. Aber Schatz, ich muss dir was sagen."

Lucía bemerkte sofort den ernsten Klang seiner

Stimme. Sie guckte ihren Vater fragend an, doch der war gerade damit beschäftigt, über einen großen Kreisverkehr zu fahren.

„Was denn?", wollte sie ungeduldig wissen.

„Warte."

Mit Kreisverkehren in Südspanien war nicht zu spaßen. Die Vorfahrtsregel basierte auf reiner Willkür; Autos, die auf der inneren Spur fuhren, bogen einfach nach rechts ab, ohne Blinker und ohne Rücksicht. Zu jeder Zeit konnte also etwas völlig Unerwartetes passieren, höchste Konzentration war gefordert.

Als er wieder auf gerader Strecke war, schaute Ben erneut in den Rückspiegel.

„Tatiana ist nicht mehr da."

„Wieso?"

„Sie ist wieder in Argentinien."

„So schnell?", fragte Lucía erstaunt.

„Ja."

„Und wieso?"

Ben zögerte kurz, bevor er ihr antwortete.

„Letzte Woche war die Polizei auf dem Reiterhof und hat herausgefunden, dass Tatianas Visum schon längst abgelaufen ist. Deswegen durfte sie nicht hier bleiben und musste wieder in ihr Heimatland zurück."

Ben wechselte den Blick so oft es ging zwischen der Straße und Rückspiegel, um Augenkontakt mit seiner Tochter zu haben.

Lucía war natürlich traurig, dass Tatiana weg war, aber sie nahm die schlechte Nachricht relativ gelassen hin. Es war ja nicht das erste Mal, dass jemand von heute auf Morgen aus ihrem Leben verschwunden war. Was sie nicht verstand, war der Grund für die plötzliche Abreise.

„Warum darf Tatiana nicht in Spanien bleiben?"

„Weil sie einen argentinischen Pass hat, und Argentinier dürfen nur für maximal drei Monate in Spanien bleiben."

„Warum denn?"

„Weil das die spanische Regierung so entschieden hat. Nur mit einem europäischen Pass darf man so lange bleiben, wie man will. Also mit einem deutschen Pass zum Beispiel, so wie ich, oder ein englischer, oder ein französischer."

Lucía zog grübelnd die Augenbrauen zusammen.

„Versteh ich nicht, Papa. Wieso braucht man einen Pass, wenn man hier sein will?"

Ben starrte auf die Straße. Er hatte keine Ahnung, wie er seiner Tochter das Konzept von Ländern und Grenzen erklären sollte. Dass es sie gab, war ja vom Prinzip her nicht schlecht: Kulturelle Vielfalt, verschiedene Sprachen, Fußballweltmeisterschaften – all das machte das Leben reicher, oder zu mindestens unterhaltsamer. Aber warum durften manche Menschen frei wählen, wo sie auf der Welt wohnen wollten, während andere nur für begrenzte Zeit als Gäste geduldet wurden? Vielen wurde sogar der Besuch komplett verweigert – je ärmer das Land, desto weniger war der Pass wert.

„Du, so genau verstehe ich das auch nicht. Ich glaube, die Leute in Europa haben Angst, dass ihnen jemand etwas wegnehmen könnte. Damit das nicht passiert, wird genau kontrolliert, wer für wie lange ins Land darf. Und das macht man mit dem Pass."

„Aber Tatiana hat doch niemanden etwas weggenommen, oder?"

„Nein, hat sie nicht. Aber sie darf trotzdem nicht bleiben."

„Könnten die nicht bei Tatiana eine Ausnahme

machen? Sie ist doch super nett."

Ben schüttelte den Kopf.

„Wenn man nicht den richtigen Pass hat, ist das fast unmöglich. Es werden nur Ausnahmen gemacht, wenn jemand ganz viel Geld hat. Oder wenn jemand aus einem Land kommt, wo gerade Krieg herrscht."

„Oder wenn jemand ganz arm ist", fügte Lucía hinzu. „So wie die Männer aus Afrika, die im Sommer am Strand die Taschen verkaufen."

Ihr Vater lächelte traurig.

„Nein, die dürfen eigentlich auch nicht hier sein. Wenn die von der Polizei erwischt werden, fliegen sie genauso raus, wie Tatiana."

„Meine Oma sagt aber immer, dass sie in ihrem Land nichts zu essen haben. Wenn sie dahin zurück geschickt werden, dann verhungern sie doch, oder?"

Lucía klang besorgt. Die armen Afrikaner einfach ins Verderben schicken? Das ging doch nicht, so gemein war bestimmt niemand. Außerdem gab es in Europa doch genügend zu Essen für alle.

„Manche verhungern wahrscheinlich, da hast du leider Recht. Aber es ist nicht so, als würde es in Afrika kein Essen geben. Nur eben nicht so viel wie bei uns. Deswegen versuchen viele, nach Europa zu kommen, damit sie sich keine Sorgen mehr machen müssen."

Sie kamen am Haus an und Ben parkte neben der großen Hecke. Während sie ausstiegen, musste er an Moussa denken – ein junger Afrikaner, den er vor einigen Jahren bei der Arbeit für eine Foto-dokumentation kennengelernt hatte. Moussa kam aus einem kleinen Küstendorf im Senegal. Alle seine Vorfahren waren Fischer gewesen. Teure Autos oder weite Reisen hatten sie sich nie leisten können, aber sie hatten immer genug gehabt, um zufrieden zu leben. Dann hatte die korrupte Regierung eines Tages begonnen, Fangrechte an große europäische Unternehmen zu verkaufen. Riesige, industrielle Fischkutter hielten an der Küste Einzug und machten sich daran, das Meer rücksichtslos leer zu fischen. Innerhalb kurzer Zeit war der lokalen Bevölkerung die Lebensgrundlage entzogen worden – nur, damit es in Deutschland oder Spanien billigen Fisch im Supermarkt zu kaufen gab. Moussa und viele andere junge Männer hatten keine Chance gesehen, in ihrem Dorf zu überleben. Also waren sie ihren Fischen gefolgt und hatten den schweren und gefährlichen Weg nach Europa auf sich genommen, in der Hoffnung, Arbeit zu finden. Diejenigen, die ankamen, wurden jedoch schnell enttäuscht: Anstatt einen herzlichen Willkommensgruß zu erhalten, wurden sie wie unerwünschte Gäste behandelt. Ben hatte immer eine unglaubliche Wut verspürt, wenn er die Geschichten von Moussa gehört hatte. Zuerst nahmen die Europäer den Afrikanern das Essen weg, und dann verwehrten sie ihnen Zutritt zu ihrem Reichtum. Also erst klauen und anschließend nicht teilen – es war ein Armutszeugnis für die europäische Kultur!

Als sie das Eingangstor erreichten, drehte sich Ben in Richtung Mittelmeer um. In der Ferne konnte man klar den Affenfelsen von Gibraltar und die nordmarokkanische Küste erkennen.

„Weißt du Schatz, ich glaube, man kann gar nicht richtig erklären, warum es Grenzen gibt. Guck mal da vorne, die Berge."

Er zeigte zum Horizont.

„Ganz links ist Afrika, in der Mitte Gibraltar und rechts Europa. Alles ist ganz nah bei einander, aber ohne einen blöden Pass kann man sich nicht frei bewegen. Ganz schön bescheuert, was?"

Lucía nickte zustimmend.

„Ist Gibraltar auch ein Land?", wollte sie wissen.

„Naja, so in etwa. Ganz früher gehörte es den Arabern, dann eroberten es die Spanier und jetzt ist es ein Teil von Großbritannien. Also dort, wo England ist."

Ben bekam einen verdutzten Blick von seiner Tochter.

„England? Aber wie kann das denn sein? England ist doch ganz weit weg!"

„Ja, da sagst du was. Früher hat sogar Indien zu Großbritannien gehört."

„Indien? Echt?"

„Echt."

Beide schüttelten verständnislos den Kopf. Es gab Dinge, die machten einfach keinen Sinn. Grenzen sollten eigentlich Sicherheit geben und Frieden schaffen, doch wegen ihnen wurden Kriege geführt und unschuldigen Menschen wurde das Essen vor der Nase weggeklaut. Abgegrenzte Länder taten sich zu vereinten Nationen zusammen und versprachen grenzenlose Freiheit – und doch war es ein Stück Papier, das bestimmte, welche Teile der Welt man besuchen durfte. Alle, die einen Pass aus einem reichen Land hatten, wurden als Reisende oder Abenteurer verehrt; diejenigen, die aus einem armen Land kamen, wurden entweder mitleidig als Flüchtlinge aufgenommen oder direkt als illegale Einwanderer abgestempelt. Es herrschte eine gewaltige Ungerechtigkeit, die Neid, Hass und viele andere Probleme mit sich brachte. Wenn man die Situation nüchtern betrachtete, stellte sich eine Frage, die nicht nur für Kinder unbeantwortet blieb: Wieso brauchten die Menschen Grenzen, um zusammen auf der gleichen Erde zu leben?

11

Ben und Lucía verbrachten den Nachmittag mit den üblichen Aktivitäten zwischen Wohnwagen, Küche und Reiterhof. Am darauf folgenden Morgen verschliefen sie wie fast jedes Mal, schafften es aber, rechtzeitig an der Haltestelle anzukommen. Lucía krallte sich ihre Schultasche und sprang aus dem Auto, ihr Vater eilte hinterher und gab ihr noch schnell einen Kuss mit auf den Weg.

„Bis Montag!", sagte sie und verschwand im Bus.

Ben blieb noch einen Moment stehen und winkte ihr vom Bürgersteig aus zu. Er seufzte – trotz regelmäßiger Übung konnte er sich einfach nicht an Abschiede gewöhnen. Schon bei seinen Reisen war ihm das immer mächtig auf den Magen geschlagen: Man lernte Leute kennen, fand neue Freunde, und dann waren sie auf einmal wieder weg. Obwohl er seine Tochter jede Woche wiedersah, fand er es alles andere als lustig, alleine an der Bushaltestelle zurück zu bleiben, mit dem Wissen, sie für eine Weile nicht zu sehen. Manchmal wünschte er sich, dass Lucía öfter als einen Tag pro Woche kommen würde, aber ihren Lebensschwerpunkt hatte sie nun mal bei ihrer Mutter. Die meisten ihrer Freunde wohnten in der Nähe, sie hatte ihr eigenes Zimmer, ihren Bruder und ihre Tanzgruppe. Die Besuche in Estepona waren für Lucía etwas Besonderes, ihren Alltag lebte sie allerdings woanders: in einer anderen Welt, weit weg von dem Wohnwagen und ohne ihren Vater.

Die ganze Situation brachte aber auch Vorteile für Ben: Er konnte die Freuden der Vaterschaft voll auskosten, ohne von der Last eines anstrengenden Familienlebens erdrückt zu werden. Eltern beneideten ihn für seine Freiheiten, während kinderlose Mittdreißiger alles dafür getan hätten, mit ihm tauschen zu können. Für Ben war es eine Frage der Tagesform: An guten Tagen wusste er die gegebenen Umstände zu schätzen, an schlechten Tagen wünschte er sich, dass er eine bessere Mutter gewählt hätte. Nicht, dass Carmen eine schlechte Mutter war – aber ein gemeinsames Familienleben war mit ihr nicht möglich.

Ben machte sich wieder ans Schreiben. Anfangs kam er gut voran, doch dann änderte sich das Wetter und mit den aufziehenden Wolken verloren seine Gedanken an Klarheit. Er fühlte sich immer angespannter und hatte Mühe, seinen kreativen Schreibfluss aufrecht zu erhalten. Ausschlaggebend für den Stimmungswandel war allerdings nicht das Wetter, sondern sein Bankkonto: Ben hatte feststellen müssen, dass er sein Geld schneller aufbrauchte, als er gedacht hatte. Er begann, sich Sorgen um die Zukunft zu machen.

Es war Anfang März, für sein Buch brauchte er noch ungefähr sechs Wochen. Sein Geld reichte höchstens noch bis Ende April, mit ein wenig Glück vielleicht bis in die erste Maihälfte hinein. Spätestens dann musste er eine Arbeit mit Einkommen gefunden haben. Obwohl er genügend Zeit hatte, die Ge-schichte zu Ende zu schreiben, fiel es ihm schwer, seine finanziellen Sorgen zu ignorieren. Nach und nach hatte er immer mehr Probleme, sich zu konzentrieren und mit Ruhe an seinem Manuskript weiter zu arbeiten. Als Ben merkte, dass er immer länger und immer frustrierter vor leeren Seiten festhing, beschloss er, zu handeln. Er konnte es sich nicht leisten, deprimiert in ein tiefes Loch zu fallen.

Donnerstagabend setzte er sich also hin und

brachte seinen veralteten Lebenslauf auf den neusten Stand. Am nächsten Morgen besorgte er sich zwei Lokalzeitungen und begann die Suche nach einer bezahlten Stelle. Zu seiner Ernüchterung musste er jedoch schnell feststellen, dass es keinen einzigen Job gab, der ihn interessierte. An der gesamten Costa del Sol schien es nur drei Arten von Arbeit zu geben: in einer Bar, in einem Callcenter oder in einem Puff. Die einzige Stellenanzeige, die ihn neugierig gemacht hatte, war von einem Beerdigungsinstitut gewesen. Es wurde ein Fahrer gesucht, freundlich und zeitlich flexibel. Särge durch die Gegend zu kutschieren war zwar nicht sehr chic, aber es versprach, eine ungewöhnliche Erfahrung zu werden. Ben liebte ungewöhnliche Erfahrungen – zumindest, solange sie zeitlich begrenzt waren. Nach kurzer Überlegung entschied er jedoch, sich nicht als Totenchauffeur zu bewerben. Auf seinen Reisen hatte er bereits viele verschiedene Jobs ausprobiert: Übersetzter, Fensterputzer, Koch, Fremdenführer, Matrose, Immobilienmakler, Obstverkäufer, Deutschlehrer und natürlich Taxifahrer. Einmal hatte er einen ganzen Sommer lang in Australien Strandmatten vermietet – was die Lebensqualität betraf, war das wahrscheinlich sein bester Job gewesen. Mittlerweile ging er allerdings auf die Vierzig zu und hatte keine Lust mehr, eine Arbeit anzufangen, die er nach einigen Monaten sowieso wieder beenden würde. Er wollte zur Abwechslung auf Kontinuität setzen und eine Tätigkeit ausüben, die ihm eine langfristige Perspektive bot. Es musste nicht der beste Job in der Welt sein, aber auch keiner, für den er sich morgens schlecht gelaunt aus dem Bett quälen musste. Es gab bereits viel zu viele Menschen, die sich unglücklich durchs Berufsleben schleppten – Ben wollte nicht auch noch dazu gehören. Da er immer gerne als Fotograf gearbeitet hatte, beschloss er, weiter in diese Richtung zu suchen. Er legte die Zeitungen weg, setzte sich an den Computer und durchforstete das Internet nach Möglichkeiten. Nach und nach fand er einige halbwegs interessante Jobausschreibungen und bewarb sich. Während seiner Recherche stoß er irgendwann auch auf ein verlockendes Angebot einer Filmproduktionsfirma, die für ein zwölfmonatiges Projekt Leute für verschiedene Arbeitsbereiche suchte. Das einzige Problem war der Standort: Berlin. Ben hatte eigentlich nicht vor, nach Deutschland zurückzukehren, dafür war seine Tochter noch zu jung. Ihm graute der Gedanke, Lucía nur in den Ferien sehen zu können. Gleichzeitig war er sich aber bewusst, dass die wirtschaftliche Situation in Spanien weiter den Bach runterging und seine Karriere-chancen in Nordeuropa wesentlich besser waren. Er haderte eine Weile mit sich, dann schickte er die Bewerbung aber doch ab. Einen Versuch war es vielleicht wert, und sollte er tatsächlich ein Angebot bekommen und nicht nach Deutschland gehen wollen, konnte er immer noch absagen.

Als er am Sonntagabend die letzten Lebensläufe verschickte, kam John vorbei.

„Na, immer noch auf Jobsuche?"

Ben nickte.

„Ich weiß gar nicht, warum du dir die ganze Mühe machst – bringt doch nichts! Ich schwöre dir, noch im Laufe dieses Jahres wird die spanische Wirtschaft voll zusammenbrechen und das globale Finanzsystem direkt hinterher."

„Weil die Mayas prophezeit haben, dass 2012 die Welt untergeht?", fragte Ben leicht sarkastisch.

„Quatsch! Die Mayas haben gar nichts zu melden:

Jemand, dessen eigenes Volk untergegangen ist, sollte sich mit Ratschlägen für die Zukunft zurückhalten. Nein, weil nur Drecksäcke und Volltrottel am Steuer sitzen und die wichtigen Entscheidungen treffen, deswegen werden wir den Karren schön vor die Wand setzen."

„Und dann?"

„Dann wird es erst mal eine Weile wehtun – wenn so ein ganzes Gesellschaftssystem einstürzt, kommt man an Chaos nicht vorbei. Aber wenn einmal alles platt ist, werden wir wenigstens die Chance haben, etwas Neues aufzubauen. Und wenn wir clever sind, werden wir nicht die gleichen Fehler wiederholen."

John zündete sich eine Zigarette an.

„Leider sind wir nicht sonderlich clever, folglich sehe ich schwarz."

„Mag sein", sagte Ben, „aber in der Zwischenzeit, bevor alles zusammenbricht, muss ich trotzdem irgendwie meine Rechnungen bezahlen. Und dafür brauche ich einen Job."

Sie guckten sich einen Moment schweigend an.

„Du könntest doch den Wohnwagen kaufen und hier leben."

„Danke für das Angebot, aber wovon bezahle ich bitteschön den Wohnwagen?"

John zuckte mit den Schultern.

„Irgendwas wird dir schon einfallen. Kannst ja dein Buch verkaufen."

„Ich dachte, die Wirtschaft bricht zusammen? Wer soll denn dann mein Buch kaufen?"

Wieder zuckte John ratlos mit den Schultern.

„Vernünftige Arbeit wirst du hier jedenfalls nicht finden. Vielleicht noch in Deutschland oder England, aber Spanien ist am Arsch!"

Ben wusste nicht, was er sagen sollte. Unrecht

hatte John leider nicht, die Aussichten waren in der Tat sehr düster. Aber vielleicht hatte Ben ja Glück, noch war die Welt schließlich nicht untergegangen. Er beschloss, erst einmal abzuwarten und zu sehen, ob eine seiner Bewerbungen Erfolg haben würde. Sorgen hatte er sich schon genug gemacht – es war Zeit, dem Pessimismus eine Pause zu gönnen.

Am nächsten Tag schien wieder die Sonne und Lucía stieg strahlend aus dem Bus aus.

„Papa, ich hab eine Eins minus im Mathetest!"

„Super!"

„Ja, und es gab nur eine andere Eins, ich war die Zweitbeste!"

Lucía musste zugeben, dass es viel mehr Spaß machte, gute Noten zu bekommen als schlechte. Das zusätzliche Lernen hatte sich voll ausgezahlt.

Sie fuhren zum Wohnwagen und folgten der üblichen Montagsroutine – Essen, Hausaufgaben und Reiterhof. Als sie nach der Reitstunde den kleinen Weg hochgingen, bemerkte Ben, dass seine Tochter auf einmal ganz traurig dreinschaute.

„Was ist los?"

Lucía zögerte kurz, dann brach sie ihr Schweigen.

„Papa, ich vermisse Tatiana. Die neue Reitlehrerin ist ganz doof! Sie ist ganz streng und schreit immer, mit der macht das keinen Spaß."

„Oh, das tut mir leid. Ich werde mal mit Pedro reden, vielleicht gibt es ja noch andere Lehrer, die dir Unterricht geben können."

„Okay", stimmte Lucía zu, ohne dass sich ihre Laune großartig verbesserte.

Ben schaute sie von der Seite an. Er überlegte, wie er sie aufheitern konnte.

„Hey, was hältst du davon, wenn wir in die Stadt

fahren und Sachen kaufen, um Pfannkuchen zu machen?"

Sofort erhellte sich Lucías Gesicht.

„Und können wir dann auch beim Chino vorbei? Ich brauche neue Hefte."

„Von mir aus."

Ben hasste die Chinos. Er hatte nichts gegen Chinesen, aber die chinesischen Läden, die es in Spanien mittlerweile in jedem Ort gab, waren einfach grauenhaft: Vollgestopft mit billiger Ramschware und Plastikschrott aus Fernost! Einmal hatte er sich drei Paar Socken gekauft, die genau zwei Wochen gehalten haben – da hätte er auch gleich barfuß gehen können. Nein, so machte ihm Einkaufen keinen Spaß. Lucía hingegen fand die Chinos prima – es gab dort alles, was sie sich vorstellen konnte: Schulhefte, Stifte, Taschen, Schmuck, Luftmatratzen, Kleidung, Tassen, Aufkleber und, nicht zu vergessen, kleine bunte Kordeln, die man immer für irgendetwas gebrauchen konnte. Und da alles saubillig war, konnte sogar eine Neunjährige richtig schön shoppen gehen. Dumm waren sie jedenfalls nicht, die Chinesen.

Glücklicherweise hatte Lucía ihr eigenes Geld nicht dabei und somit blieb es, zu Bens Freude, bei einem kurzen Aufenthalt im chinesischen Kaufhaus. Sie verließen den Laden mit den Schulheften in der Hand und gingen zum Auto. Auf dem Weg über den Parkplatz dachte Lucía an all die schönen Sachen, die sie sich nicht hatte kaufen können und dabei starrte sie zum Boden. Obwohl sie geistig immer noch beim Einkaufen war, nahm ihr Auge den ganzen Müll wahr, dem sie unterwegs begegnete: eine Bananenschale, Kaugummi, einige zerknüllte Pappbecher und zwei Strohalme; dazu leere Plastiktüten und unzählige Zigarettenkippen. Alles innerhalb von fünfzehn Metern.

Sie stiegen ein und fuhren in Richtung Stadt. Ben machte Musik an – er hörte eigentlich immer Musik, egal wo er war. Er liebte Musik und versuchte stets, seine Leidenschaft an Lucía weiterzugeben. Mehr noch, die musikalische Bildung seiner Tochter war ihm fast wichtiger als die normale Schule, denn Musik lehrte über etwas, das im Klassenzimmer kaum behandelt wurde: tiefe Gefühle! Ob himmelhoch jauchzend oder zu Tode betrübt, für jeden Gefühlszustand gab es das richtige Lied. Folglich zeigte Ben seiner Tochter so viel verschiedene Musik, wie möglich: Klassik, Swing, Jazz, Ska, Reggae, Rock und sogar Elektro – er wollte, dass Lucía die bunte Welt der Klänge so gut es ging kennenlernte.

Auf der kurzen Fahrt vom Chino ins Ortszentrum hörten sie ein Lied, das Lucía erst einmal zuvor im Radio gehört hatte. Es hatte ihr auf Anhieb gut gefallen. Sie saß hinten im Auto und sang fröhlich mit:

„Fuck-u-u...“

Ben ahnte auf einmal nichts Gutes. Und tatsächlich, es dauerte nicht lange, bis die zu erwartende Frage kam:

„Papa, was bedeutet ‚fuck you'?“

„Das ist ein Schimpfwort.“

„Und was bedeutet es?“

Ben zögerte einen Moment.

„So was ähnliches wie ‚lass mich in Ruhe'.“

„Aha.“

Lucía dachte nicht weiter drüber nach und wartete auf den Chorus. Als das nächste ‚Fuck-u-u' aus ihrem Mund tönte, blickte Ben besorgt in den Rückspiegel –

vielleicht war es nicht das beste Lied für ein junges Mädchen... Dann zuckte er mit den Schulten und sang ebenfalls mit.

Wenig später kamen sie an und parkten in einer Seitenstraße neben dem Supermarkt. Sie marschierten rein und kauften alle Zutaten, die sie für die Pfannkuchen benötigten. Alles, außer den Eiern – die nahmen sie natürlich von Sues Hühnern. Als sie wieder raus kamen und zurück zum Auto gingen, sah Lucía erneut Plastiktüten und Zigarettenkippen auf dem Bürgersteig rumliegen. Das Kuriose war, dass alle zwanzig Meter ein Mülleimer aufgestellt war – und trotzdem lag der Abfall auf dem Boden. Lucía überlegte und versuchte zu verstehen, warum die Mülleimer nicht benutzt wurden. Eine logische Erklärung fand sie jedoch nicht.

„Papa, warum schmeißen die Leute ihren Müll auf die Straße?"

Ben hielt an, schaute sich um und bemerkte nun auch, dass überall Dreck herumlag. Verständnislos schüttelte er den Kopf.

„Weil das Idioten sind!"

„Und dabei gibt es doch überall Mülleimer", fügte sie hinzu.

„Da hast du vollkommen Recht. Aber selbst wenn es keine Mülleimer gäbe – Leute, die ihren Müll auf die Straße werfen, sollten bestraft werden. Dafür gibt es einfach keine Entschuldigung."

„Hast du auch schon mal was weggeworfen?", wollte Lucía wissen, während beide ins Auto einstiegen.

„Aus Versehen vielleicht, aber nicht absichtlich. Letzte Woche habe ich einen gesehen, der hat beim Fahren seinen Aschenbecher ausgeleert, mitten in der Stadt!"

„Ehrlich?", fragte sie entsetzt.

Ben nickte.

„Dem wäre ich am liebsten hinten drauf gefahren, das kannst du mir glauben."

Lucía stellte sich für einen Moment vor, wie es wäre, wenn ihr Vater auf einmal Gas geben würde und mit voller Wucht in den Wagen krachen würde, der vor ihnen war. Sie schrak zusammen. Dann entspannte sie sich aber wieder: Nein, so verrückt war ihr Vater auch wieder nicht.

„Weißt du, sich so in der Stadt zu verhalten, ist eine Frechheit, aber wenigstens wird da ab und zu sauber gemacht. Was noch viel schlimmer ist: Die gleichen Leute lassen ihren Müll auch an anderen Orten liegen. Am Strand, im Wald, in den Bergen und sogar im Meer. Einfach überall! Als wäre die ganze Welt eine riesige Mülltonne."

Lucía musste daran denken, wie ihr kleiner Bruder im letzten Sommer in eine Glasscherbe getreten war. Direkt im Sand hatte sie gelegen und den Fuß ihres Bruders übel zugerichtet. Wenn niemand das Glas weggeschmissen hätte, wäre das nicht passiert.

„Aber ich verstehe immer noch nicht, warum die Leute ihren Müll nicht einfach in den Mülleimer werfen."

„Das kann man auch nicht verstehen. Wie gesagt, das sind einfach Idioten. Und Egoisten, denn bei ihnen zu Hause würdest du mit Sicherheit keinen Abfall auf dem Boden finden. Die kümmern sich nur darum, dass es ihnen selbst gut geht, alles andere ist denen egal."

Ben blickte in den Rückspiegel und sah seine Tochter, wie sie aufmerksam zuhörte.

„Wahrscheinlich hat solchen Leute nie jemand beigebracht, dass man seine Mitmenschen und vor allem die Natur respektieren sollte. Weißt du, wir Menschen brauchen die Natur. Wir brauchen die Erde, das Wasser, die Tiere und die Bäume. Ohne all das könnten wir nicht leben. Wir sind ein Teil der Natur – und genau das vergessen wir leider oft. Wir denken, dass die Natur nur für uns da ist und dass wir mit ihr machen können, was wir wollen. Wir nehmen uns alle guten Sachen und geben ihr nur Müll zurück."

Lucía begann, sich Sorgen zu machen.

„Irgendwann geht dann die Natur kaputt, oder?"

„Ja, wenn wir nichts ändern, wird genau das passieren."

Sie schwiegen eine Weile. Auf dem Weg nach Hause hatten sie gerade die Stadt hinter sich gelassen und fuhren eine kleine Landstraße entlang, vorbei an offenen Feldern und Obstplantagen. Ben plagte ein schlechtes Gewissen – es war die Generation seiner Tochter, die am meisten unter den ganzen Umwelt-sünden leiden würde. Eines Tages würden die Kinder von heute für die Fehler bezahlen müssen, die sie selbst nie begangen hatten.

„Warum ändern wir denn nichts?"

„Tja, das ist eine gute Frage."

Und leider war es eine Frage, auf die Ben keine richtige Antwort hatte. Er versuchte es trotzdem:

„Ich glaube, manchmal haben wir Angst. Denn eigentlich müssten wir den Leuten, die ihren Müll auf die Straße schmeißen, erklären, dass sie das nicht machen sollen. Aber wenn wir jemanden sehen, der das macht, regen wir uns nur auf. Sagen tun wir nichts."

„Ist dir das auch schon mal passiert?"

„Ja klar. Ich bin da genauso feige wie fast alle anderen. Ganz schön blöd, oder?"

Lucía nickte und lächelte dabei – sie mochte es, wenn ihr Vater zugab, dass er nicht alles richtig machte.

Sie erreichten das Haus. Ben parkte den Wagen, stellte den Motor ab und drehte sich zu Lucía um.

„Manchmal sind wir Menschen auch einfach zu faul", fuhr er fort. „Beim Einkaufen zum Beispiel: Wir fahren lieber mit dem Auto in die Stadt als mit dem Fahrrad, dabei machen Autos die Luft dreckig und Fahrräder überhaupt nicht."

Lucía hatte auf einmal eine großartige Idee:

„Du kannst mir ja ein Fahrrad kaufen – dann brauchen wir das nächste Mal kein Auto zu benutzen!"

Ben starrte sie an.

„Wie schön, dass ich eine clevere Tochter habe."

Er zwinkerte ihr zu.

„Wenn ich wieder etwas mehr Geld habe, können wir gerne darüber reden."

„Wann hast du denn wieder mehr Geld?"

„Hoffentlich bald."

Sie nahmen ihre Einkäufe und gingen in die Küche, um mit den Pfannkuchen anzufangen. Lucía half mit, die Tasche auszuräumen, wobei sie in erster Linie an den Keksen interessiert war, die sie ihrem Vater abgeschwatzt hatte.

„Darf ich die aufmachen?"

„Wir essen doch gleich."

„Nur einen zum Probieren, bitte!"

„Aber wirklich nur einen!"

Lucía nickte und riss die Packung auf. Zu ihrer und Bens Überraschung gab es nicht nur eine äußere Verpackung, sondern im Inneren waren alle Kekse nochmals einzeln in Plastik eingeschweißt.

„Siehst du, das ist auch ein Grund, warum überall

so viel Müll rumliegt: Wir produzieren einfach viel zu viel davon! Es würde doch völlig reichen, die Kekse nur einmal einzupacken."

Ben schüttelte frustriert den Kopf. Ihm wurde fast schlecht, wenn er an die Millionen von Verpackungen dachte, die tagtäglich weggeworfen wurden.

„Um etwas zu ändern, müssen wir zuerst anfangen, weniger Müll zu machen. Und der Müll, der dann trotzdem übrig bleibt, den müssen wir dorthin tun, wo er hingehört."

Er nahm den viel zu langen Einkaufszettel und schmiss ihn in die Kiste fürs Altpapier.

„Das nächste Mal werden also andere Kekse gekauft!"

„Okay."

Lucía fand ebenfalls, dass es völlig unnötig war, die Kekse zwei Mal einzupacken. Da sie aber bereits gekauft waren, konnten sie auch gegessen werden. Sie entfernte die innere Plastikhülle, nahm den Keks und biss rein.

„Und, wenigstens lecker?", erkundigte sich Ben.

„Ja, aber nicht so lecker wie Omas Kekse in Deutschland."

„Klar, die macht sie ja auch selber."

Lucía dachte nach.

„Weißt du was, Papa?"

„Was?"

„Wir können doch Oma nach dem Rezept fragen. Dann haben wir immer die besten Kekse und außerdem müssen wir dann nicht so viel Plastik wegschmeißen, weil unsere eigenen Kekse keine Verpackung brauchen."

Ben strahlte sie mit einem stolzen Lächeln an.

„Schatz, das ist eine prima Idee! Genau das machen wir."

122

Hausgemachte Kekse waren eine fantastische Möglichkeit, die eigene Lebensqualität zu erhöhen und gleichzeitig ein klein wenig die Welt zu verbessern – auf einen Schlag gab es mehr Geschmack und weniger Müll! Ben freute sich, eine Tochter zu haben, die so gute Einfälle hatte.

Das Einzige, was vielleicht noch nicht so optimal lief, war ihre Essensauswahl: Pizza, Pfannkuchen und Plätzchen waren schließlich keine gute Basis für eine gesunde Ernährung, weder für Kinder noch für Erwachsene. Aber sie verzichteten ja schon auf Huhn und Schwein, vielleicht mussten sie nicht alles auf einmal ändern – besser Schritt für Schritt, als zu übertreiben und am Ende überfordert und frustriert aufzugeben.

12

Als Lucía am Dienstagmorgen in den Bus stieg, war sie traurig. Die Montage mit ihrem Vater vergingen leider viel zu schnell – viel zu lange musste sie jedes Mal warten, bis sie ihn wiedersah. Oft wünschte sie sich, dass sie mehr Zeit bei ihm in Estepona verbringen könnte. Der Wohnwagen entsprach zwar nicht ihren Vorstellungen von einem normalen Zuhause, aber sie fühlte sich dennoch wohl, wenn sie abends in dem kleinen Bett über dem Motor einschlief. Sie beneidete ihren Bruder, weil er beide Elternteile jeden Tag sah. Manchmal fragte sie sich, warum sie nicht mehr Glück gehabt hatte, warum sie nie mit ihren Eltern zusammen Spaß haben konnte. Gleichzeitig war sie allerdings froh, dass sie ihren Vater überhaupt regelmäßig zu Gesicht bekam. Einige ihrer Schulfreunde hatten Eltern, die nicht nur getrennt waren, sondern ganz weit voneinander entfernt wohnten. Der Vater von einer ihrer besten Freundinnen lebte zum Beispiel in Brasilien, nur einmal im Jahr kam er für eine Woche zu Besuch. Ihre Freundin hatte also so gut wie keine Beziehung zu ihrem Vater. Verglichen damit ging es Lucía verdammt gut. Und trotzdem: Voll zufriedenstellend war ihre Situation nicht. Sie fand es ungerecht, dass sie zwischen den beiden Personen, die sie am meisten liebte, hin und her pendeln musste.

Ben hatte ebenfalls mit Trauer zu kämpfen, wenn er seine Tochter früh morgens wegfahren sah. Aber was hätte er schon ändern können? Lucía entführen und sich mit ihr in einem fernen Winkel der Erde verstecken? Nein, das hätte mehr Probleme und Stress gebracht, als Verbesserung. Ihm blieb nichts anderes übrig, als einige Male tief Luft zu holen, die Situation zu akzeptieren und dann die aufkommende Melancholie so gut es ging weg zu pusten. Das Leben war viel zu kurz, um wegen Dingen, die man nicht ändern konnte, in tiefe Depression zu verfallen. Und so sehr er sich auch wünschte, seine Tochter öfter zu sehen – das Wichtigste war, dass er eine gute Beziehung zu ihr hatte und dass sie versuchten, das Beste aus ihrer gemeinsamen Zeit zu machen.

Die folgenden Tage widmete sich Ben wieder seinem Buch. Er fühlte sich deutlich entspannter, seitdem er die Suche nach einem neuen Job begonnen hatte. Obwohl seine finanzielle Situation nach wie vor kritisch war, verspürte er Hoffnung, dass eine der Bewerbungen erfolgreich sein würde. Zumindest vorerst konnte er sich also wieder unbeschwert aufs Schreiben konzentrieren.

Er beschloss, seine eigenen Geldsorgen mit in die Geschichte einzubauen. Nach den Abenteuern in der Wüste Rajasthans führte die Reise der beiden Protagonisten nach Nordindien. Auf einer langen Busfahrt ließ Ben den beiden das Portemonnaie klauen – mit einem Male sahen sie sich der Herausforderung ausgesetzt, bargeldlos am Fuße des Himalayas klarkommen zu müssen. Es war eine äußerst unangenehme Situation, die sie anfangs in leichte Panik versetzte. Nachdem jedoch der erste Schock überwunden war, erlebten sie viele besondere Momente, die mit einem vollen Geldbeutel nicht möglich gewesen wären. Vor allem die Hilfsbereitschaft der Einheimischen hatte es ihnen angetan – obwohl die Mehrheit der Inder in großer Armut lebte, teilten sie das Wenige, was sie hatten, mit den beiden gestrandeten Besuchern aus Europa. Vater und Tochter lernten auf wundervolle Art und Weise, dass man nicht reich sein musste, um großzügig zu sein und Fremden eine helfende Hand zu reichen.

Ben schrieb wieder mit Freude und Leichtigkeit, die Worte sprudelten förmlich aus ihm heraus. Abgesehen von der benötigten Kreativität fand er, dass die Arbeit an einem Buch vergleichbar mit einem Puzzle war: Es galt, die vielen Einzelteile zu einem großen Ganzen zusammenzufügen. Manchmal hatte er Schwierigkeiten, seine verschiedenen Ideen sinnvoll zu verbinden – es waren die Momente, wenn er frustriert vor leeren Seiten festhing. Doch dann sah er plötzlich ein passendes Stück und das Bild wurde klarer. Es war faszinierend, wie sich aus dem Nichts langsam eine zusammenhängende Geschichte entwickelte.

Sonntagnachmittag bekam Ben Besuch von Manu, einem guten Freund aus einem benachbarten Ort. Die beiden hatten sich kennengelernt, als Ben vor einigen Jahren eine Fotoreportage über ein Waldprojekt gemacht hatte. Manu arbeitete als Förster und organisierte regelmäßig Baumpflanzungen. Aufgrund der langen Trockenperioden gab es in Andalusien leider oft Waldbrände, es bestand also fast immer ein reger Bedarf an neuen Bäumen. Als Ben die Reportage gemacht hatte, hatte er ebenfalls einige junge Bäume einpflanzen dürfen. Es war für ihn eine völlig neue und sehr wertvolle Erfahrung gewesen – er hatte eine Chance bekommen, der Natur etwas zu schenken. Etwas zu geben, anstatt immer nur zu nehmen. Einen Samen zu hinterlassen, der wachsen und Früchte tragen würde. Es war eine schöpferische Handlung, die ähnlich war, wie ein Kind in die Welt zu setzen. Oder wie ein Buch zu schreiben.

Ben gönnte sich eine kleine Auszeit und fuhr zusammen mit Manu in die nahe gelegenen Berge, um bei traumhaftem Frühlingswetter wandern zu gehen. Er nutzte die Gelegenheit und packte nach langer Zeit wieder seine Kamera aus. Unterwegs machte er Fotos von rot leuchtenden Mohnfeldern und blühenden Aprikosenbäumen und in den Bergen bekam er einen riesigen Adler vor die Linse. Auf dem Rückweg hielten sie dann noch an einer kleinen Lagune, um ein erfrischendes Bad in dem türkisblauen Wasser zu nehmen. Mit einem großen Sprung tauchte Ben tief in die Natur ein – es war der perfekte Abschluss für eine produktive und mit Glück gefüllte Woche.

Am nächsten Tag um kurz vor halb vier merkte Ben, dass er mal wieder die Zeit vergessen hatte und Lucía in wenigen Momenten an der Bushaltestelle ankommen würde. Er stürmte aus dem Wohnwagen und knallte mit dem Kopf zum x-ten Male gegen die Oberkante der Seitentür. Als wäre das nicht schon Strafe genug, musste er wenig später auch noch die Standpauke des wütenden Busfahrers über sich ergehen lassen. Lucía verdrehte wie immer die Augen und fragte sich, wieso es ihrem Vater so schwer fiel, pünktlich zu sein. Vielleicht sollte sie ihm mal eine Armbanduhr schenken.

Zum Mittagessen gab es die Reste einer leckeren Gemüselasagne, die Sue am Vortag gemacht hatte. Für die Hausaufgaben brauchte Lucía nur eine halbe Stunde – ihre Klassenlehrerin hatte gute Laune gehabt und den Schülern fast nichts aufgegeben. Da der Reitunterricht an diesem Montag etwas später anfing, machten es sich die beiden für eine Weile draußen vor dem Wohnwagen gemütlich. Ben kritzelte wie üblich in seinem Notizbuch und Lucía saß still neben ihm und malte ein Bild für eine ihrer spanischen Tanten, die bald Geburtstag hatte. Vögel zwitscherten, der Esel und der Papagei tauschten die letzten Neuigkeiten aus und in der Ferne hörte man bellende Hunde. Es war ein ganz normaler, friedlicher Nachmittag auf dem Land.

Nach einiger Zeit unterbrach Ben das Schweigen.

„Hey, ich brauche eine neue Frage. Fällt dir nicht irgendetwas ein?"

Lucía dachte nach. In der Schule hatten sie kürzlich darüber gesprochen, wie schädlich Zigaretten waren. Sie verstand nicht, warum Menschen stinkenden Rauch einatmeten, wenn man doch angeblich dadurch viel schneller sterben würde. Sie hatte angefangen, sich Sorgen um ihre Mutter zu machen.

„Warum raucht meine Mama?", fragte sie, ohne von ihrem Bild aufzusehen.

Ben schluckte und spürte einen großen Klumpen in seinem Hals. Was sollte er darauf antworten? Lucía wusste ja nicht, dass er ebenfalls rauchte. Als sie fünf Jahre alt gewesen war, hatte er aufgehört und ihr versprochen, nie wieder anzufangen. Vor zehn Monaten hatte er sein Versprechen jedoch gebrochen. Da er seine Tochter nicht enttäuschen wollte, hatte er beschlossen, ihr nichts davon zu sagen und stattdessen zu versuchen, seine Sucht so schnell wie möglich wieder dranzugeben.

„Das ist eine gute Frage Schatz. Was sagt denn deine Mama, warum sie raucht?"

„Sie will nicht darüber reden. Ich finde das ganz schön doof! Meine Lehrerin hat gesagt, dass die Lungen kaputt gehen, wenn man raucht. Und wenn die Lungen kaputt gehen, kann man nicht mehr atmen und dann stirbt man."

Lucía legte ihren Stift beiseite, drehte sich zu

ihrem Vater um und sah ihn traurig an.

„Ich will nicht, dass meine Mama stirbt."

„Keine Angst, so schnell wird sie auch nicht sterben. Aber es stimmt schon, Zigaretten sind überhaupt nicht gesund."

„Ja, und stinken tun sie auch. Unser ganzes Haus riecht immer nach Rauch, das ist ganz ekelig."

Sie verzog ihr Gesicht. Als sie noch kleiner gewesen war, hatte sie einmal aus Neugierde an einem vollen Aschenbecher gerochen und fast kotzen müssen.

„Hast du deine Mama denn schon mal gefragt, ob sie nicht draußen rauchen kann?"

„Meistens geht sie ja auf den Balkon, aber das stinkt trotzdem."

Ben wunderte sich, dass Lucía noch nicht gemerkt hatte, dass er selbst rauchte. Zwar lüftete er den Wohnwagen immer gründlich und machte einige Räucherstäbchen an, bevor sie kam, ganz weg ging der Geruch allerdings nicht. Wenn Lucía ihn gefragt hätte, ob er raucht, hätte er ihr die Wahrheit gesagt – schließlich predigte er ihr immer, ehrlich zu sein. Aber so lange sie nichts sagte, musste er nicht lügen und somit zog er es vor, seine schlechte Angewohnheit weiter zu vertuschen. Wenigstens erfand er keine Märchen, so wie Lucías spanische Familie. Ihr Opa hatte seit der Schulzeit über sechzig Zigaretten am Tag geraucht. Vor einigen Jahren musste ihm deswegen ein Bein amputiert werden, doch seine Enkelin hatte einen anderen Grund erzählt bekommen: Anstatt im Krankenhaus soll er auf einer Safari in Afrika gewesen sein, wo ihn ein Löwe angefallen und ihm das Bein brutal abgebissen hatte. Ben hatte sich darüber unglaublich aufgeregt, denn was ein Kind daraus lernte, war, dass Afrika ein gefährlicher Ort war, wo man von bösen Tieren angegriffen wurde.

„Weißt du, es ist gar nicht so einfach, mit dem Rauchen aufzuhören. Und vielleicht hat deine Mama momentan viel Stress, das macht die ganze Sache noch schwieriger."

„Aber du hast doch auch damit aufgehört, dann könnte sie das doch auch."

Der Klumpen in Bens Hals nahm die Größe vom Mount Everest an. Natürlich hatte er aufgehört, aber er hatte auch wieder angefangen. Ein schlechtes Gewissen plagte ihn – vielleicht sollte er einfach mit der Wahrheit rausrücken und ihr beichten, dass er auch wieder rauchte.

„Naja...", fing er an, doch Lucía fiel ihm ins Wort: „Meine Mama ist ganz schön dumm."

Ben starrte seine Tochter beschämt an. Nein, er konnte es ihr einfach nicht sagen. Er versuchte doch immer, ein gutes Vorbild für sie zu sein – was würde sie von ihm denken, wenn sie erfahren würde, dass er ebenfalls dämlich genug war, seine Gesundheit aufs Spiel zu setzten? Für eine schwachsinnige Sache wie Zigaretten!

„Nein, deine Mama ist nicht dumm. Aber manchmal machen wir Menschen dumme Dinge, das stimmt."

Er schüttelte innerlich enttäuscht den Kopf. Auch wenn er keine Märchen von böswilligen Löwen erzählte – Ben fühlte, dass er keinen Deut besser war, als Lucías spanische Familie. Ein Lügner, der nicht den Mut hatte, seiner eigenen Tochter die Wahrheit zu sagen. Eigentlich gab es jetzt nur eine vertretbare Reaktion: Er musste sich seine Nikotinsucht wieder abgewöhnen, und zwar so schnell wie möglich!

Lucía fragte sich unterdessen, wie es sein konnte,

dass intelligente Menschen manchmal dumme Dinge machten? Ihre Mutter jammerte immer, dass sie kein Geld hatte, und trotzdem kaufte sie sich alle zwei Tage neue Zigaretten. Und selbst wenn sie reich gewesen wäre – wieso bezahlte sie freiwillig für etwas, das sie krank machte? Während Lucía sich wieder ihrem Bild zuwandte, dachte sie angestrengt nach. Vielleicht gab es noch einen anderen Grund, warum manche Leute rauchten. Vielleicht machte es sie glücklicher, oder stärker? Vielleicht machte es ihnen auch einfach nur Spaß? Aber nein, das konnte sie sich nicht vorstellen. Wie konnte es Spaß machen, seinen eigenen Körper zu zerstören? Und wenn der Rauch schon so ekelig stank, wie musste er dann erst schmecken?

„Papa, kannst du nicht der Mama sagen, dass sie wieder aufhören soll?"

„Ich? Wie soll ich das denn machen?"

„Du kannst ihr doch sagen, dass es viel besser ist, wenn man nicht raucht. Man spart Geld und kann länger leben."

Ben blickte verzweifelt gen Himmel. Seine Tochter erschien ihm in diesem Moment tausend Mal klüger, als Carmen und er zusammen. Er seufzte leise und stimmte ihrem Vorschlag zu.

„Gut, ich werde mit ihr reden."

„Danke!"

„Kein Problem."

Lucía lächelte ihn an – auf ihren Vater war doch immer Verlass. Sie stellte die Gedanken an das dumme Rauchen ein und malte zufrieden ihr Bild weiter.

Ben hingegen wäre am liebsten im Erdboden versunken. Es war fast unmöglich, ohne weitere Lügen aus dieser Situation herauszukommen. Carmen wusste ebenfalls nicht, dass er wieder rauchte, und jetzt sollte er sie animieren, die Zigaretten, von denen er selbst abhängig war, sein zu lassen. Es war das gleiche, als würde eine dicke Person einer anderen dicken Person sagen, sie solle gefälligst abnehmen – es fehlte jegliche Glaubwürdigkeit!

Ben konnte gar nicht genau sagen, warum er rauchte. Wahrscheinlich war es einfach eine Frage der Gewohnheit – genauso, wie ein übergewichtiger Mensch sich daran gewöhnt hatte, viel Fett zu essen und literweise Cola zu saufen, hatte er sich an die regelmäßigen Glimmstängel gewöhnt. Es war ein Automatismus, der sich fest in seinem Gehirn verankert hatte und ihn glauben ließ, dass er Tabak brauchte, um gut durchs Leben zu kommen. Genau wie alle anderen Raucher erfand er tolle Ausreden und Gründe, warum er nicht aufhören konnte. Dabei war das natürlich alles absoluter Schwachsinn – kein Mensch benötigte Zigaretten! Weder zur Stress-bekämpfung, noch zum genussvollen Kaffeetrinken oder entspannten Buchschreiben. Und erst recht nicht, um glücklich zu sein. Lucía war dafür das beste Beispiel – doch leider nahmen sich Erwachsene an Kindern nur selten ein Beispiel.

13

Bens Telefonwecker klingelte zum vierten Mal, es war kurz nach halb acht. Er tastete nach dem Aus-Knopf und wollte gerade drücken, als der erste Sonnenstrahl sein Gesicht berührte. Mit einem Mal schrag er hoch: ‚Mist! Schon wieder zu lange geschlafen!' Er rüttelte Lucía wach und rannte in die Küche, um ihr noch schnell Frühstück zu machen. Als er in den Wohnwagen zurückkam, war seine Tochter bereits angezogen und hatte ihre Tasche gepackt – sie war es gewohnt, morgens wenig Zeit zu haben, denn nicht nur ihr Vater, sondern auch ihre Mutter verschlief andauernd. Sie schaufelte das Müsli in Windeseile in sich hinein und dann rasten sie im Auto zur Haltestelle. Kurz bevor der Bus losfuhr, kamen sie an. Lucía nahm ihre Schultasche, gab ihrem Vater einen hastigen Kuss und stieg ein. Ben rief ihr noch ‚bis nächste Woche' hinterher, dann ging die Tür zu und der Bus brauste davon.

Ben fuhr zum Haus zurück, räumte den Wohn-wagen auf und machte sich einen Kaffee. Gerade als er sich vor seinen Computer gesetzt hatte und routinemäßig die erste Zigarette anzünden wollte, musste er an das Gespräch vom Vortag denken. War es wirklich notwendig, dass er seine Lungen vollqualmte? Alleine die Tatsache, dass er seine schlechte Angewohnheit vor Lucía verheimlichte, zeigte doch, dass er gar nicht rauchen wollte. Er starrte auf das Feuerzeug in der einen und die selbstgedrehte Kippe in der anderen Hand. Vielleicht war der Moment gekommen, sich vom Tabak zu verabschieden? Er hatte sowieso nicht vor, ewig weiter zu rauchen – worauf wartete er also? Ben zögerte einen Moment und dann beschloss er zu seiner eigenen Überraschung, sofort aufzuhören. Das Feuerzeug landete in einer Schublade und der Tabakbeutel flog in den Papierkorb. War doch eigentlich ganz einfach!

Den Vormittag verbrachte er mit kleinen Korrekturen an seinem Buch, anschließend half er einige Stunden im Garten und am späten Nachmittag machte er einen langen Spaziergang am Strand. Nach dem Abendessen guckte er mit John und Sue einen Dokumentarfilm und um kurz vor zwölf ging er zufrieden ins Bett. Den ersten Tag als Nichtraucher hatte er gut überstanden.

Am nächsten Morgen wachte er voller Tatendrang auf – er hatte sich vorgenommen, den ganzen Tag an seiner Geschichte weiter zu schreiben. Die erste Stunde am Computer war jedoch völlig erfolglos, er produzierte keine einzige Zeile. Er drehte eine Runde ums Haus, kam wieder und versuchte es erneut. Das Resultat blieb jedoch gleich – auf dem Bildschirm herrschte weiterhin gähnende Leere. Er fühlte sich unruhig und verkrampft. Zu seiner Enttäuschung musste er feststellen, dass es wesentlich einfacher war, als frisch gebackener Nichtraucher im Garten zu arbeiten als kreativ tätig zu sein. Er bekam die verdammten Zigaretten einfach nicht aus seinem Kopf. Die Zeit verging und mit jeder Stunde wurde seine Frustration größer. Er versuchte, sich mit einem kleinen Spaziergang zu beruhigen, doch es wurde nicht besser. Im Gegenteil – die Krise des Nikotinentzugs wurde immer schlimmer.

Am späten Nachmittag schaute John vorbei.

„Und, wie kommst du voran?"

„Gar nicht!", erwiderte Ben genervt.

„Was ist denn los?"

„Ich habe aufgehört zu rauchen und jetzt kann ich nicht mehr schreiben."

John schüttelte den Kopf.

„Wozu hörst du auch mit dem Rauchen auf?"

Ben zuckte mit den Schultern. Er hatte keine Lust, mit dem alten Hippie über sein Nichtraucherdasein zu debattieren.

„Naja, musst du selbst wissen. Falls du dich was abreagieren willst, habe ich was, das dir vielleicht helfen könnte. Komm mal mit."

Da er sowieso keinen einzigen vernünftigen Satz zustande brachte, folgte er ihm ins Haus. Sie gingen ins Wohnzimmer und John stieg über eine Leiter in den Speicher, der sich genau über der Sitzecke am Kamin befand. Während Ben unten an der Leiter wartete, hörte er John, wie er oben den geheimnisvollen Raum durchstöberte.

„Hab ihn!", ertönte es nach einer Weile. „Vorsicht!"

Ben hatte keine Ahnung, was John gefunden hatte, aber plötzlich kam ihm etwas großes Schwarzes entgegen geflogen. Er konnte gerade noch ausweichen, bevor ein großer Sack mit einem lauten Knall neben ihm aufschlug. Kurz darauf kam John wieder die Leiter herunter.

„Hier!" Er drückte Ben eine Plastiktüte in die Hand. Ben schaute neugierig rein.

„Boxhandschuhe?"

John nickte.

„Was denkst du, was das hier ist? Ein Kartoffelsack?"

Ben begutachtete den schwarzen Klumpen.

„Ein Boxsack?"

„Mensch, wir sind heute aber clever. Genau, ein Boxsack!"

Zusammen gingen sie zurück in den Garten. Unterwegs holte John ein dickes Seil aus einem Schuppen und knotete es an den Boxsack. Anschließend kletterte er den großen Feigenbaum bis zur Hälfte hoch, warf das Seil über einen starken Ast und kam wieder runter. Er zog den Sack hoch, befestigte das andere Ende vom Seil am Baum und wandte sich Ben zu.

„So, fertig! Ich garantiere dir: Wenn du eine halbe Stunde darauf einprügelst, bist du die Ruhe in Person. Ich mache das auch manchmal, wenn mir jemand auf die Nerven geht, wirkt echt Wunder. Also, viel Spaß!"

John drehte sich um und verschwand im Garten. Ben blieb alleine mit dem Sack und den Handschuhen zurück. Er fand Boxen einen eher langweiligen Sport und hatte keinerlei Erfahrung damit. Allzu schwer konnte es aber wohl nicht sein, und wenn John meinte, dass es eine gute Möglichkeit war, um Aggressionen abzubauen – warum nicht? Einen Versuch war es sicherlich wert. Er zog sich um, machte laut Musik an und begann, den Boxsack zu vermöbeln. Mehr als zwei oder drei Minuten am Stück schaffte er zwar nicht, aber mit einigen Pausen hielt er insgesamt fast eine dreiviertel Stunde durch. Als er fertig war, sprang er unter die Dusche, nahm eine leichte Mahlzeit zu sich und dann setzte er sich wieder an den Computer. Zu seiner Freude hatte John Recht gehabt – er fühlte sich auf einmal völlig entspannt und konnte sich wieder voll aufs Schreiben konzentrieren, ohne einen einzigen Gedanken an das lästige Rauchen zu verschwenden. Bis in den späten Abend hinein flossen die Wörter frei aus ihm heraus. Er ging erst schlafen, als seine Hände anfingen, weh zu tun.

Donnerstagmorgen wachte er auf und kam kaum aus dem Bett – ein heftiger Muskelkater war mit voller Wucht über ihn hergefallen. Was allerdings noch viel schlimmer war, als seine schmerzenden Beine und Arme, war der Zustand seiner Finger: Sie waren so stark angeschwollen, dass er sogar Mühe hatte, die Zahnbürste richtig in der Hand zu halten! Er hatte eigentlich gedacht, dass die Boxhandschuhe ausreichend Schutz bieten würden, aber da hatte er sich offensichtlich getäuscht. Seine Finger waren so unbeweglich, dass er das Schreiben völlig vergessen konnte. Er hätte vor Wut schreien können – ein paar Stunden Ruhe, und jetzt war alles noch viel schlimmer als zuvor! Verzweifelt kramte er seinen Tabakbeutel aus dem Papierkorb, drehte unter großen Schmerzen eine Zigarette und wollte sie gerade anzünden, als er wieder an Lucía denken musste. Dann dachte er an sein Buch, dann wieder an Lucía, dann sah er seine Hände an – es war zum Verrücktwerden! Er legte die Zigarette zur Seite und ging in die Küche, um sich etwas zu trinken zu holen. Sue war gerade dabei Brot zu hacken und somit nutzte Ben die Gelegenheit und erzählte ihr sein ganzes Dilemma. Sie hörte aufmerksam zu und gab ihm als erstes eine Creme für seine geschwollenen Finger. Anschließend tranken sie zusammen einen Kamillentee.

„Vielleicht solltest du die Dinge nicht so über-stürzen. Wenn das Nichtrauchen dir nur Stress verursacht und du dadurch nicht weiter schreiben kannst, dann warte doch, bis du mit dem Buch fertig bist."

„Ja, aber ich habe ein schlechtes Gewissen wegen Lucía."

„Willst du denn nur wegen Lucía aufhören?"

„Nein, natürlich nicht."

„Na also. Vielleicht ist jetzt einfach noch nicht der richtige Moment."

„So gesehen ist es aber nie der richtige Moment."

„Das stimmt. Aber es handelt sich doch nur um ein paar Wochen. Schreib doch das Buch zu Ende und hör danach direkt auf. Und in der Zwischenzeit kannst du jeden Tag etwas trainieren, damit sich deine Hände an den harten Boxsack gewöhnen."

Sue hatte Recht. Ihm fehlten noch etwas mehr als drei Kapitel – es brachte nichts, so kurz vorm Ziel entweder den Verstand zu verlieren oder seine Hände zu opfern. Ben ging zum Wohnwagen zurück, zündete die Zigarette an und nahm einen tiefen Zug. Lucía gegenüber fühlte er sich fast wie ein Verräter, aber jetzt hatte er es ihr schon so lange verheimlicht, auf ein paar Wochen kam es in der Tat nicht mehr an. Er schwor sich, aufzuhören, sobald er seine Geschichte fertig haben würde. Das Buchprojekt war die letzte Ausrede, die er zuließ. Wenn er es danach nicht schaffen würde, würde er Lucía seine Sucht beichten – und das sollte eigentlich Grund genug sein, beim nächsten Mal erfolgreich aufzuhören. Vielleicht verarschte er sich aber auch selbst und hätte sich lieber zugestehen sollen, dass ihm die mentale Stärke fehlte, um der Tabaksucht den Kampf anzusagen. Aber diese eine Chance gab er sich noch. Die Hoffnung starb schließlich zuletzt.

Nach zwei Tagen war die Schwellung an Bens Fingern weit genug zurückgegangen, dass er wieder schreiben konnte. Das ganze Wochenende verbrachte er somit vor seinem Computer und versuchte, etwas von der verlorenen Zeit reinzuholen.

Am Montag kam Lucía und präsentierte eine Eins

in Spanisch. Zur Belohnung lud Ben sie ins Kino ein, für die Vorstellung am frühen Abend. Den Reitunterricht mussten sie dafür ausfallen lassen, aber das war Lucía egal. Pedro hatte gesagt, dass er noch keinen Ersatz für Tatiana gefunden hatte und daher kam es Lucía sogar gelegen, dem Unterricht fern zu bleiben. Sie liebte die Pferde und das Reiten, aber die Lehrerin, die sie die letzten beiden Male gehabt hatte, war einfach nicht nett. Ben verstand sie nur allzu gut – die größte Leidenschaft konnte einem versaut werden, wenn man unsympathische Lehrer hatte!

Zwischen Hausaufgaben und Kinobesuch halfen sie eine Weile im Garten. Nach einiger Zeit bemerkte Ben, dass Lucía trotz Sonnenschein und einer Eins in Spanisch nicht sehr glücklich wirkte.

„Willst du doch lieber zum Reitunterricht?"

Sie schüttelte den Kopf.

„Was ist denn los?", wollte er wissen, während er fleißig Unkraut rupfte.

„Meine Mama hat gesagt, dass ich bald nicht mehr zur Tanzgruppe kann."

„Warum denn?"

„Wegen der Krise."

„Oh, das tut mir leid. Ich habe bestimmt bald wieder mehr Geld, dann kann ich dir das bezahlen."

Lucía schenkte ihrem Vater ein dankbares Lächeln, ihre bedrückte Stimmung blieb jedoch unverändert.

„Die meisten anderen Kinder können auch nicht weiter machen, weil fast alle Eltern kein Geld mehr haben. Und wenn nicht genügend Kinder mitmachen, gibt's auch keine Tanzgruppe mehr."

Sie fand es ziemlich gemein, dass wegen der blöden Krise eine so tolle Sache wie die Tanzgruppe auseinander brechen würde. Bei der Ballettgruppe ihrer besten Freundin gab es die gleiche Situation, und bei der Yogaklasse ihrer Tante auch. Immer war das doofe Geld schuld!

„Papa, wann ist die Krise vorbei?"

„Da fragst du was! Ich denke, das wird noch eine ganze Weile dauern."

„Wie lange denn? Ein paar Wochen?"

„Naja, ich würde eher ein paar Jahre sagen..."

„Ein paar Jahre? Wieso das denn?", fragte sie ungläubig.

„Weil es ganz viele Probleme in der Welt gibt und wir Menschen die Probleme ganz lange ignoriert haben. Und damit...", wollte er fortfahren, doch Lucía unterbrach ihn.

„Was bedeutet ‚ignoriert'?"

„Ignorieren bedeutet wegggucken. Man weiß, dass es ein Problem gibt, aber man tut so, als würde es nicht existieren. Und je länger man weggguckt, desto größer wird das Problem. Das ist so ähnlich, wie wenn du weißt, dass du dein Zimmer aufräumen musst, aber keine Lust hast und deswegen alles in eine Ecke schiebst. Du ignorierst das Chaos einfach. Je länger du das machst, desto größer wird die Unordnung und desto länger wirst du irgendwann brauchen, um alles aufzuräumen."

Lucía dachte kurz nach.

„Wie im Garten, oder? Wenn wir das Unkraut nicht wegmachen würden, dann hätten John und Sue ganz viel Arbeit."

„Ja, genau. Und wenn niemand das Unkraut wegmachen würde, dann hätte das Gemüse irgendwann keinen Platz mehr, um zu wachsen. Mit deinem Zimmer ist es das Gleiche: Wenn du es nie aufräumen würdest, könntest du irgendwann nicht mehr spielen."

„Mein Bruder räumt nie sein Zimmer auf."

„Und wo spielt er dann?"

„Entweder bei mir, oder meine Mama räumt für ihn auf."

„Da hat dein Bruder aber Glück."

Lucía nickte zustimmend. Ihr Bruder hatte tatsächlich immer viel Glück.

„Aber Papa, was hat das alles mit der Krise zu tun?"

Ben versuchte verzweifelt, einen tief verwurzelten Löwenzahn rauszureißen.

„Ganz einfach: Wir ersticken in Unkraut!"

Seine Tochter guckte ihn ahnungslos an. Ben ließ den Löwenzahn los und machte eine Pause. Wie sollte er seiner Tochter den Grund für die Krise in einigen wenigen Sätzen erklären, wenn sogar Wirtschaftsprofessoren Schwierigkeiten hatten, die Probleme verständlich zusammenzufassen? Er überlegte einen Moment.

„Nimm zum Beispiel die Situation von deiner Tanzgruppe: Du hast doch gesagt, die meisten Eltern haben kein Geld mehr, oder?"

„Ja."

„Und was meinst du, warum das so ist?"

„Weil sie keine Arbeit mehr haben?"

„Naja, die meisten Leute haben schon noch Arbeit, aber sie verdienen nicht mehr so viel. Es gibt ein Ungleichgewicht: Einige, wenige Leute verdienen ganz viel Geld und deswegen bleibt für die meisten anderen nicht mehr viel übrig. Wenn du zehn Kinder hast und zehn Stücke Kuchen, und zwei Kinder nehmen sich jeweils vier Stücke, dann bleiben für die anderen acht Kinder nur noch zwei Stücke übrig. Das ist doch nicht fair, oder?"

„Nein."

„Das Gleiche passiert mit dem Geld. Die reichen

Leute nehmen sich immer mehr und werden immer reicher und die armen Leute werden immer ärmer. Es gibt zwar genügend Geld auf der Welt, aber es ist einfach nicht richtig verteilt."

Ben musste an ihren bevorstehenden Kinobesuch denken. Da es in Estepona kein Kino gab, mussten sie eine halbe Stunde in den nächstgrößeren Ort fahren. Als die Wirtschaft in Spanien noch florierte und Millionen von Euros mit Immobilien gemacht wurden, hatten sich die Kommunen dumm und dusselig verdient. Doch anstatt den Gewinn in Infrastrukturprojekte zu investieren, die allen zu Gute gekommen wären – wie zum Beispiel ein Kino, oder ein Theater, oder eine neue Schule – hatten sich einige wenige korrupte Politiker und Geschäftsleute den ganzen Gewinn in die eigenen Taschen gesteckt.

„Damit das Geld wieder richtig verteilt wird, müssen diejenigen, die ganz viel haben, anfangen, ihr Geld mit den anderen zu teilen."

„Und warum machen die das nicht?"

„Tja, das weiß ich auch nicht so genau. Wahrscheinlich teilen diese Menschen nicht gerne. Dabei ist Teilen doch das Schönste, findest du nicht auch?"

Lucía zuckte mit den Schultern. Sie war sich nicht sicher, ob Teilen wirklich das Schönste war. Aber wenn sie eines Tages reich wäre, würde sie bestimmt den Armen etwas abgeben. Alles natürlich nicht, aber etwas schon.

Während sie sich wieder dem Unkraut widmeten, kam John mit einer großen Schubkarre vorbei, die mit dampfendem Kompost gefüllt war.

„Hey John, wie würdest du Lucía erklären, warum es die momentane Krise gibt?"

John blieb stehen, ohne die Schubkarre abzustellen.

„Gier! Schlicht und einfach Gier! Die Leute wollen immer mehr haben und werden dadurch zu riesigen Egoisten. Immer mehr und mehr und mehr, ohne Rücksicht auf Verluste. Und so lange die Menschen gierig bleiben, wird sich auch an der Krise nichts ändern. So einfach ist das."

Ben und Lucía starrten ihn an.

„Hoffentlich ersaufen sie alle in dem ganzen materiellen Scheiß!", brummte er vor sich hin, dann ging er weiter.

„Was meint er mit materiellem Scheiß?", wollte Lucía wissen.

„Dass wir uns zu viele Sachen kaufen, die wir gar nicht brauchen. Und auch wenn er es etwas komisch ausdrückt, stimmt es, was John sagt. Früher haben sich die Menschen zum Beispiel höchstens ein paar neue Schuhe pro Jahr gekauft oder eine neue Hose. Heute rennen alle mindestens einmal pro Monat in die Stadt, um sich komplett neu einzukleiden. Da ist es nicht verwunderlich, dass die Leute kein Geld mehr haben."

Lucía wusste nicht genau, was sie davon halten sollte. Sie ging gerne einkaufen und konnte sich nur schwer vorstellen, immer die gleichen Sachen anzuziehen. Aber wenn sie zwischen neuen Schuhen und ihrer Tanzgruppe wählen müsste, würde sie auf jeden Fall das Tanzen bevorzugen. Vielleicht gab es aber noch eine andere Möglichkeit.

„Ich habe eine Freundin in der Schule, die hat fünf Fernsehgeräte in ihrem Haus. Wenn sie zwei verkaufen würde, könnte sie uns doch helfen, damit die Tanzgruppe weitergeht."

„Ja, das ist eine gute Idee. Aber ich glaube nicht, dass ihre Eltern das mitmachen würden. Weißt du, wir können nicht immer darauf hoffen, dass uns jemand anderes hilft. Es ist viel besser, wenn man selbst etwas ändert. Wenn zum Beispiel alle Kinder von deiner Gruppe für zwei oder drei Monate keine neuen Sachen kaufen würden, könnten bestimmt alle genügend Geld sparen, um das Tanzen zu bezahlen, meinst du nicht?"

„Vielleicht."

Lucía war skeptisch, ob alle ihre Freundinnen sich darauf einlassen würden.

„Die Eltern könnten doch auch zur Bank gehen und fragen, ob sie neues Geld bekommen."

„Die Banken haben aber auch nicht mehr so viel Geld. Außerdem muss man das geliehene Geld irgendwann wieder zurückzahlen. Da ist es besser, wenn man selbst weniger ausgibt und etwas spart."

Ben war schockiert, dass bereits eine Neunjährige in Erwägung zog, eine Bank um Hilfe zu bitten. Aber für Lucía und ihre Freunde war es natürlich das Normalste der Welt – Sparen und Bescheidenheit waren für die heranwachsende Generation zu Fremdwörtern geworden. Von wem hätten sie auch etwas anderes lernen sollen? Ein glücklicher Familientag wurde oftmals darauf reduziert, stundenlang durch Einkaufszentren zu wandern und einen Grund zu finden, die Kreditkarte benutzen zu können. Es wurde nicht gekauft, weil Notwendigkeit bestand, sondern weil man nichts Besseres zu tun hatte. Und die Politiker unterstützen dieses Verhalten, indem sie ständig davon redeten, dass Wachstum nötig sei, um aus der wirtschaftlichen Misere rauszukommen. Konsum als Heilmittel gegen die Krise! Dabei war die Weltwirtschaft schon lange an ihre Grenzen gestoßen – wohin sollte man noch wachsen, wenn man bereits mit dem Kopf gegen die Decke geknallt war? Trotz hoffnungslos übersättigter Bäuche wurde weiterhin ungezügelt gefressen, trotz Wohlstand wollten alle noch mehr.

John hatte in der Tat Recht – so lange sich nicht jeder Einzelne an der eigenen Nase packen und die eigene Gier ablegen würde, konnte die Krise nur schlimmer werden.

„Schatz, ich mache dir einen Vorschlag: Anstatt ins Kino zu gehen, bleiben wir heute hier und du kannst das Geld, das wir fürs Kino ausgegeben hätten, für die Tanzgruppe haben. Was hältst du davon?"

Lucía verzog enttäuscht ihr Gesicht, sie hatte sich schon so auf den Film gefreut. Aber dann dachte sie nach – sie ging ja eigentlich schon oft genug mit ihren Tanten ins Kino, vielleicht war die Idee ihres Vaters gar nicht so schlecht.

„Und was sollen wir dann machen?", fragte sie.

„Wir können einen von den Filmen gucken, die hier sind, oder ein Spiel spielen."

„Mensch ärger dich nicht?"

„Von mir aus."

„Okay, dann bleiben wir hier. Vielleicht machen John und Sue ja auch mit."

Sie verbrachten eine weitere Stunde im Garten, anschließend machten sie Tortellini zum Abendessen und dann setzten sie sich ins Wohnzimmer, um ‚Mensch ärger dich nicht' zu spielen. John hatte keine Lust, aber Sue machte mit. Sie hatten einen Mordsspaß und Lucía gewann natürlich wieder. Als es spät wurde, brachte Ben seine Tochter ins Bett und las ihr noch etwas vor. Dann sagten sie sich gute Nacht.

„Papa, das mit dem Spiel war super und viel besser als Kino."

„Das freut mich."

„Und es war sogar völlig umsonst!"

Ben lächelte sie an.

„Weißt du, die besten Dinge im Leben kosten glücklicherweise nichts. So gesehen kann uns die Krise doch egal sein, oder?"

Lucía nickte und gab ihm einen dicken Kuss. Dann machte Ben das Licht aus.

14

Am nächsten Tag kam ein starker Ostwind auf und wehte mit voller Kraft für den Rest der Woche – Veränderung lag in der Luft. Ben arbeitete an seinem Buch, half im Garten und trainierte gelegentlich am Boxsack. Die Zeit zog fast so unbemerkt vorbei, wie die Wolken am Himmel. Das einzige nennenswerte Vorkommnis war Johns Versuch gewesen, mit dem alten Esel das Feld umzupflügen. Der Esel hatte keine Lust gehabt, den schweren Pflug hinter sich herzuziehen und war nach wenigen Metern stehen geblieben. John hatte sich wutentbrannt mit dem sturen Tier angelegt und ihm mit einem dicken Stock einige Hiebe verpasst. Die Antwort vom Esel? Mit der Hinterhufe verpasste er John einen brutalen Tritt gegen sein rechtes Bein und verfrachtete ihn für drei Tage ins Bett. John hatte verdammt viel Glück gehabt, dass nur sein Bein und nicht Bauch oder gar Kopf getroffen wurden. Sue war natürlich außer sich gewesen und hätte ihrem Mann am liebsten noch einen Tritt gegen das andere Bein gegeben. Sie verstand nicht, wie er es immer wieder schaffte, einen einfachen Job in ein Problem zu verwandeln.

Freitagmorgen erhielt Ben dann zwei Anrufe, die sein entspanntes Schriftstellerdasein drastisch veränderten. Es waren eigentlich gute Nachrichten, doch sie zwangen ihn zu einer schwerwiegenden Entscheidung, die ihm während der nächsten Tage und Wochen starke Kopfschmerzen bereiten würde. Beide Anrufe waren Jobangebote – eins aus Málaga und eins aus Berlin. Schwarz-weiß betrachtet, musste er sich also zwischen Deutschland und Spanien entscheiden.

Das erste Angebot kam aus der Provinzhauptstadt Málaga, von einer der drei großen Lokalzeitungen. Auf den ersten Blick hörte sich der Job nicht schlecht an: Ähnlich wie bei seiner langjährigen Tätigkeit in Estepona wäre seine Aufgabe gewesen, durch die Gegend zu fahren und Fotos von den Ereignissen zu machen, über die morgens in der Zeitung berichtet wurden. Beim genaueren Betrachten der Konditionen verlor das Angebot jedoch schnell an Attraktivität – sechs Tage die Woche, zehn Stunden am Tag, achthundert Euro im Monat. Da würde noch nicht einmal genügend Geld übrig bleiben, um den verursachten Stress wegtrinken zu können. Hinzu kam, dass Ben entweder täglich zwei Stunden pendeln oder nach Málaga ziehen müsste. Weder der nervenaufreibende Verkehr Andalusiens, noch die vollgepackte und stickige Stadt versprachen viel Spaß.

Das zweite Angebot war von der Filmproduktionsfirma in Berlin. Ein interessanter Job, ebenfalls sechs Tage die Woche und voraussichtlich mit vielen Überstunden, aber dafür wenigstens sehr gut bezahlt. Einziger Haken war, dass sich das Projekt von einem auf zwei Jahre ausgedehnt hatte und er sich somit verpflichten müsste, mindestens zwei Jahre in Deutschland zu leben.

Ben hatte keine Ahnung, welches Angebot er annehmen sollte. Natürlich war er froh, dass sich überhaupt jemand auf seine Bewerbungen gemeldet hatte. Und es stand außer Frage, dass er einem der beiden Jobs zusagen würde – seine finanzielle Situation ließ ihm keine andere Wahl. Es existierte zwar die theoretische Möglichkeit, dass er noch ein drittes Angebot bekommen würde, aber vorerst gab es nur diese beiden Optionen.

Der Job in Berlin war derjenige, zu dem er sich am

meisten hingezogen fühlte. Es war eine völlig neue Herausforderung, eine Chance, endlich mehr Geld zu verdienen und seine Karriere in eine aufregende Richtung zu lenken. Der einzige echte Vorteil von dem Zeitungsjob in Málaga war hingegen der Standort. Nicht, dass er unbedingt in Andalusien bleiben wollte – eher im Gegenteil: Nach zehn Jahren im Süden hatte er genug von Sommer, Sonne und Strand, die Aussicht auf etwas mehr grauen Himmel und Regen war attraktiver denn je. Außerdem fand er den südspanischen Lebensstil oft ermüdend und langweilig. Obwohl er sich von Anfang an gut integriert hatte, fühlte er sich einfach nicht wie ein Andalusier. Es waren nette Menschen, keine Frage, aber die kulturellen Unterschiede waren doch größer, als es von außen schien. Ein bekannter Schauspieler aus Andalusien hatte einmal gesagt, dass die Distanz zwischen Málaga und Madrid größer war, als die Distanz zwischen Madrid und New York. Ben konnte dem nur zustimmen. Streng genommen lebte er nicht in Europa, sondern in Nordafrika. Für eine Zeit lang war das eine schöne Erfahrung, nach und nach hatte er jedoch angefangen, Nordeuropa zu vermissen. Der Vorteil des Jobs in Málaga war also nicht das Leben im Süden sondern etwas anderes.

Über die Jahre hatten ihn zwei Dinge in Andalusien gehalten: das Meer und seine Tochter. Er war bereit, das Meer zu opfern. Aber Lucía? Zwei Jahre waren eine verdammt lange Zeit! Natürlich würde er sie in den Ferien sehen, aber war das genug? Manchmal dachte er, dass die Situation vielleicht anders gewesen wäre, wenn er und Carmen nicht so verschieden wären. Wenn ihre Lebensansichten ähnlicher gewesen wären, wäre es ihm sicherlich nicht so schwer gefallen, Lucía alleine in den Händen der Mutter zu lassen. Da dies aber nicht der Fall war, wollte Ben den Einfluss, den er momentan noch auf seine Tochter haben konnte, nicht aufgeben. Er akzeptierte das Leben, dass sie bei den Spaniern hatte, aber er wollte sicher gehen, dass sie auch andere Erfahrungen machte. Er wollte, dass Lucía nicht nur Einkaufszentren und katholische Werte kennenlernte, sondern auch das, was er selbst für wichtig empfand: Spaziergänge in der Natur, andere Sprachen, andere Glaubensformen und andere Musikstile; von selbstgemachten Keksen bis hin zum Leben in einem Wohnwagen. Wenn er nicht mehr in ihrer Nähe wäre, würde ihr zumindest ein Teil von alldem verwehrt bleiben.

Gleichzeitig musste er sich allerdings fragen, ob es nicht an der Zeit war, dass er begann, sich mehr um sich selbst zu kümmern. Dass er seiner beruflichen Karriere nachging und seine eigenen kulturellen Wünsche erfüllte. Der Job in Berlin bot ihm diese Möglichkeit. Es war keine Garantie für das große Glück, aber es war eine Chance, neue Horizonte zu betreten. Eine Gelegenheit, neue Verbindungen mit seinen eigenen Wurzeln zu knüpfen.

Je mehr Ben über die beiden Optionen nachdachte, desto mehr fühlte er sich in einer Zwickmühle gefangen. Wenn er den Job in Deutschland annehmen würde, würde seine Beziehung zu Lucía leiden; wenn er in Spanien bleiben würde, müsste er Karriere und kulturelle Sehnsüchte hinten anstellen. Fast stündlich änderte sich seine Priorität: Mal war ihm Lucía wichtiger, dann fand er sich innerlich mit dem Job in Málaga ab. Doch im nächsten Moment wusste er schon nicht mehr, ob er ewig seine eigenen Bedürfnisse zugunsten seiner Tochter opfern sollte – zehn Jahre war er bereits für sie in Spanien geblieben, vielleicht war das genug des Guten? Manchmal bereute er, dass er überhaupt eine Bewerbung nach Deutschland geschickt hatte, dann würde er sich jetzt nicht in diesem Schlamassel befinden. Aber auch wenn er die Situation verfluchte – für irgendetwas war sie wahrscheinlich gut.

Am Wochenende sprach Ben mit einigen Freunden und erzählte ihnen von den beiden Jobangeboten. Die endgültige Entscheidung musste er natürlich selbst treffen, aber er wollte verschiedene Meinungen hören. Alle seine Freunde hielten ihn für bescheuert, dass er überhaupt darüber nachdachte, die Stelle in Berlin nicht anzunehmen.

Spanien litt unter einer gravierenden Wirtschaftskrise, einen guten Job zu finden war genauso unwahrscheinlich wie Regen in der Sahara. Aber das war eigentlich noch nicht einmal das größte Problem. Viel schlimmer war die Tatsache, dass jegliche Perspektive auf Besserung fehlte – es war wie ein Tunnel, der tief in den Berg hineinführte und an dessen Ende nie Licht erscheinen würde. Kaum ein Spanier hätte auch nur einen einzigen Moment gezögert, ein Jobangebot aus Deutschland anzunehmen. Es gab jedoch einen großen Unterschied zwischen Ben und seinen Freunden: Sie hatten alle keine Kinder. Und wenn man keine eigenen Kinder hatte, war es natürlich sehr einfach, den Ratschlag zu geben, abzuhauen und das sinkende Schiff zu verlassen. Wenn sich jedoch die eigene Tochter auf eben diesem Schiff befand, sah die Situation völlig anders aus. Sollte er alleine losziehen und versuchen, in der Ferne ein rettendes Floß zu finden? Oder sollte er auf dem Schiff bleiben und darauf hoffen, dass der Untergang vielleicht doch noch verhindert werden konnte? Je länger Ben über die Situation nachdachte, desto angespannter wurde er.

Montagnachmittag holte er Lucía von der Haltestelle ab. Wie so oft kam er etwas zu spät und wurde prompt mit einer Standpauke bestraft. Da er an diesem Tag aber aufgrund der schwierigen Jobentscheidung ein dünnes Nervenkostüm hatte, ließ er den Zorn des Busfahrers nicht wortlos über sich ergehen.

„Was machen Sie eigentlich wegen zwei Minuten so einen Aufstand?"

„Es sind jedes Mal zwei Minuten, mindestens!", brüllte der Fahrer.

„Ja und? Ich muss in diesem verdammten Land auch ständig auf jemanden warten!"

„Dann gehen Sie doch nach Deutschland zurück! Leute wie Sie können wir hier eh nicht gebrauchen."

Ben war kurz davor, ihm an die Gurgel zu gehen.

„Wissen Sie was? Lecken Sie mich am Arsch!"

Er nahm seine Tochter an die Hand und ließ den tobenden Busfahrer alleine zurück. Schweigend fuhren sie zum Haus und brachten die Schulsachen in den Wohnwagen. Lucía fragte sich, warum ihr Vater so genervt war, aber vorerst beschloss sie, ihn nicht darauf anzusprechen. Sie kannte solche Situationen nur allzu gut von ihrer Mutter – wenn Erwachsene schlechte Laune hatten, war es besser, den Mund zu halten.

„Schatz, fang doch schon mal mit deinen Hausaufgaben an, ich gehe hoch und mache etwas zu essen."

Ben verschwand hinter den Obstbäumen und ging in Richtung Küche. Unterwegs traf er auf Sue, die ihn zehn Minuten mit irgendwelchen belanglosen Problemen vollquatschte. Als sie endlich fertig war und ihn in Ruhe ließ, kam auch noch John um die Ecke und wollte, dass Ben ihm half, einen Tisch im Wohnzimmer umzustellen. Ben atmete einmal tief durch und tat ihm den Gefallen. Anschließend machte er ein paar Käsebrote, schob sie in den Ofen und zündete sich draußen vor der Küche eine dringend benötigte Zigarette an. Während er dort stand und versuchte, sich zu beruhigen, kam auf einmal Lucía auf ihn zugelaufen. Er schaffte es gerade noch, die Zigarette in einen Blumentopf zu werfen.

„Papa, komm mal eben!", rief Lucía, noch bevor sie ihn erreicht hatte.

„Was denn?"

„Komm einfach mal eben."

„Lucía, ich bin gleich da", antworte er genervt.

„Nur ganz kurz!"

Aus seinem Augenwinkel sah er wenige Meter neben sich die qualmende Zigarette zwischen den Rosen liegen.

„Verdammt noch mal, geh mir nicht auf den Keks!", fuhr er sie an.

Lucía schrak zusammen, drehte sich enttäuscht um und kehrte alleine zum Wohnwagen zurück.

Als sie verschwunden war, holte Ben die Zigarette aus dem Blumentopf und rauchte weiter. Doch anstatt die Suchtbefriedigung zu genießen, wurde er nur noch wütender. Wieso hatte er nicht aufgehört? Seine Tochter hätte ihn gerade um ein Haar erwischt. Es war wirklich an der Zeit, das Buch zu Ende zu schreiben und die Kippen endlich sein zu lassen. Dann roch er plötzlich etwas Verbranntes – ‚Scheiße! Die Käsebrote!' Er rannte in die Küche, riss den Ofen auf und zog die verkohlten Brote raus. Es war einfach nicht sein Tag.

Nachdem er sich mit kaltem Wasser das Gesicht

gewaschen hatte, machte er neue Brote und begab sich zum alten VW-Bus. Lucía saß draußen auf einem der Korbstühle und gab ihrem Vater einen bösen Blick. Ben ignorierte sie, stellte den Teller mit dem Essen auf den kleinen Tisch und ging rein, um seine Sonnenbrille zu suchen. Als er den Wohnwagen betrat, blieb er mit einem Mal stehen – entsetzt musste er feststellen, dass Lucía in seiner Abwesenheit den ganzen Innenraum aufgeräumt hatte. Sie hatte alle herumliegenden Sachen ordentlich verstaut, den Mülleimer entleert und sogar frische Blumen auf den Tisch gestellt. Das war es also gewesen, was sie ihm hatte zeigen wollen. Ben konnte nicht glauben, dass er sie so blöde angeschnauzt hatte – sein schlechtes Gewissen traf ihn mit der Wucht eines großen Lasters. Er verharrte einen Moment in seinem Schockzustand, dann drehte er sich um, ging raus und setze sich auf den Stuhl neben Lucía.

„Schatz... Tut mir leid, dass ich dich eben angebrüllt habe. Echt!"

Seine Tochter guckte ihn ernst an. Eigentlich hatte sie ihm schon längst wieder verziehen, aber das wollte sie nicht sofort zeigen.

„Und vielen Dank, dass du so toll aufgeräumt hast!"

„Bitte."

Ben ließ sich in den Stuhl zurückfallen und stieß einen lauten Seufzer aus. Danach herrschte Stille.

„Papa, warum lachst du heute nicht?", wollte Lucía nach einer Weile wissen.

Er zuckte mit den Schultern.

„Ich glaube, ich habe einfach einen schlechten Tag erwischt."

Den genauen Grund für sein fehlendes Lachen konnte er ihr nicht sagen, oder besser, er wollte es ihr nicht sagen. Zuerst musste er selbst eine klare Entscheidung treffen – zurück nach Deutschland oder in Spanien bleiben? Am Vortag hatte er kurz mit dem Gedanken gespielt, Lucía um ihre Meinung zu fragen, aber was hätte sie schon sagen sollen? Natürlich wollte sie, dass es ihrem Vater gut ging, aber sie hätte ihm nie geraten, von ihr weg zu ziehen.

„Man kann ja nicht immer lachen. Manchmal gibt es halt schlechte Tage, das kennst du doch bestimmt auch, oder?"

Lucía nickte. Gleichzeitig wurde sie aber das Gefühl nicht los, dass er ihr etwas verschwieg.

„Würdest du lieber in Deutschland leben?", fragte sie vorsichtig.

Ben schluckte – konnte sie etwa Gedanken lesen? Er biss sich auf die Lippe: Kindern konnte man einfach nichts vormachen! Genau wie Tiere, witterten sie die Wahrheit zehn Meter gegen den Wind.

„Manchmal ja. Weißt du, ich bin gerne in Spanien, aber ich bin nun mal kein Spanier. Hin und wieder vermisse ich daher das Leben in Deutschland."

„Was vermisst du denn?"

Ben musste nachdenken. Es war eine gute Frage.

„Das hört sich jetzt vielleicht komisch an, aber ich vermisse zum Beispiel das Wetter – hier im Süden gibt es ja eigentlich nur zwei Jahreszeiten, Sommer und Winter. In Deutschland gibt es dagegen vier Jahreszeiten: Sommer, Herbst, Winter und Frühling. Ich finde, das ist viel abwechslungsreicher. Außerdem vermisse ich einige gute Freunde und meine Familie. Meine Fußballmannschaft. Die Sprache. Die Kultur."

Lucía fand, dass eine Fußballmannschaft ein doofer Grund war, ein Land zu vermissen.

„Und was vermisst du am meisten?"

„Hm... Wahrscheinlich die Offenheit der Leute. In Deutschland ist natürlich auch nicht alles super, aber generell interessieren sich die Menschen für mehr verschiedene Dinge. Zum Beispiel wird dort viel mehr verschiedene Musik gehört anstatt immer nur die Gleiche."

„Aber du kannst hier doch auch die Musik hören, die du willst."

„Ja, das stimmt."

Sie schwiegen einen Moment.

„Mama sagt, dass du in Deutschland eine viel bessere Arbeit finden würdest."

„Da hat sie wahrscheinlich Recht."

Nein, nicht wahrscheinlich – Carmen hatte damit leider vollkommen Recht. Ben wurde noch trauriger und verzweifelter, als er es ohnehin schon war. Wieso zum Teufel konnte es in Spanien keine vernünftigen Jobs geben?

„Papa?"

„Was denn Schatz?"

„Ich glaube, du bist nur wegen mir hier, oder?"

Er zögerte kurz und schaute ihr dabei tief in die Augen.

„Ja, bin ich. Ist doch ein guter Grund, findest du nicht?"

Lucía begann, vor Glück zu strahlen. Sie kam zu ihm rüber, setzte sich auf seinen Schoß und gab ihrem Vater eine dicke Umarmung.

„Ich hab' dich lieb Papa."

„Ich hab' dich auch lieb."

Es war das erste Mal an diesem Tag, dass ein Lächeln auf Bens Gesicht erschien.

-15-

Wenige Tage später begannen die Osterferien. Zwei Wochen keine Schule, Lucía war überglücklich! Sie blieb die ganze Zeit bei ihrer spanischen Familie – nicht wegen ihrer Mutter, auch nicht wegen ihrem Bruder, sondern weil ihre beiden besten Freundinnen um die Ecke wohnten und sie zusammen jeden Tag so lange spielen konnten, wie sie wollten. Sie war nervös gewesen, als sie ihrem Vater gesagt hatte, dass sie während der Ferien nicht nach Estepona kommen würde, schließlich wollte sie ihn nicht enttäuschen. Aber glücklicherweise hatte er nichts dagegen gehabt und ihr eine schöne Zeit gewünscht, ihre Sorge war also wieder mal unbegründet gewesen.

Lucía genoss die Ferien in vollen Zügen. Ab und an musste sie jedoch an das letzte Gespräch denken, das sie mit ihrem Vater gehabt hatte. Sie wusste, dass er gerne in Deutschland leben würde und sie wollte natürlich, dass er glücklich war. Aber der Gedanke daran, dass er eines Tages nicht mehr in ihrer Nähe wohnen würde, machte sie traurig. Sie verstand, dass er nicht mit ihrer Mutter unter einem Dach leben konnte und sie akzeptierte, dass sie einmal die Woche eine halbe Stunde mit dem Bus fahren musste, um mit ihm zusammen zu sein. Aber wenn er nach Deutschland ziehen würde, könnte sie ihn nur ein paar Mal im Jahr in den Ferien sehen – das wäre richtig gemein! Am liebsten hätte sie, dass er genau so nah wohnen würde wir ihre besten Freundinnen. Dann könnte sie ihn jederzeit besuchen, ohne Bus und ohne Auto, einfach so. Es war noch gar nicht so lange her, da war eine Wohnung direkt nebenan frei geworden. Sie hatte ihrem Vater gesagt, dass er doch dort einziehen könnte. Er hatte gelächelt und geantwortet, dass es eine gute Idee wäre, aber dass seine Arbeit nun mal in Estepona war. Da er jetzt aber sowieso keinen Job mehr hatte, wäre vielleicht der Zeitpunkt gekommen, ihn nochmals zu fragen. Das Problem war allerdings, dass die Wohnung nicht mehr frei war. Außerdem hatte Lucía das Gefühl, dass ihr Vater lieber etwas weiter von ihrer Mutter weg leben wollte. Warum, wusste sie nicht. Wahrscheinlich gab es wieder so einen blöden Grund, den nur Erwachsene verstanden. Aber solange er nicht nach Deutschland gehen würde, war ihr das sogar egal. Sie hoffte, dass es noch lange dauern würde, bevor er wegzog. Am besten erst, wenn sie älter war und selbst auch mit konnte.

Ben bekam von den Gedanken seiner Tochter nichts mit. Er nutzte die Osterzeit, um an seinem Buch weiter zu arbeiten. Das indische Abenteuer seiner beiden Protagonisten hatte die Schlussphase erreicht und Ben tauchte ein letztes Mal tief in seine Geschichte ein. Er verschanzte sich im Wohnwagen und schrieb fast ohne Unterbrechung. Nach einigen Tagen kam Sue vorbei und erkundigte sich, ob er noch lebte. Ben nickte kurz und gab ihr dann schnell zu verstehen, dass es nicht der richtige Moment war, um ihn abzulenken. Er setzte seine mentale Reise durch Indien fort und vergaß die reale Welt um sich herum. Während draußen der Sommer begann, bastelte er drinnen im Wohnwagen an den letzten Paragraphen seines Buches. Es war eine große Herausforderung, ein passendes Ende zu finden und überhaupt so lange durchzuhalten. Doch mit dem Ziel so nah vor Augen konnte er es einfach nicht zulassen, aufzugeben. Er trat erst wieder vor die Tür, als er den letzten Punkt gesetzt hatte.

Nach knapp über drei Monaten hatte er es dann endlich geschafft: Sein Buch war fertig!

Natürlich musste er alles noch einmal gründlich überarbeiten, doch vorerst gönnte er sich eine kleine Auszeit. Außerdem gab es eine wichtige Entscheidung, die Ben bisher nicht getroffen hatte: Sollte er in Spanien bleiben oder den Job in Deutschland annehmen?

Jedes Mal, wenn er an Lucía dachte, versuchte er, sich den Zeitungsjob in Málaga schön zu reden. Doch wenn er seine Tochter außen vor ließ, sah die Sache ganz anders aus. Wenn er Lucía ignorierte, hatte er keinerlei Zweifel, dass seine Zukunft in Deutschland liegen würde. In jeglicher Hinsicht war es die weitaus bessere Wahl – ein Job, der interessant war und der wesentlich mehr Geld einbrachte; kein andalusisches Chaos mehr; vier Jahreszeiten anstatt dreihundert Tage Sonne im Jahr, die einem das Gehirn wegbrannten. Dazu kam der kulturelle Anreiz, den ihm das Leben in Nordeuropa bot. Je mehr er sich mit den beiden Alternativen auseinander setzte, desto mehr tendierte er zu der Rückkehr nach Deutschland. Zwei Jahre getrennt von seiner Tochter zu leben, würde verdammt hart werden, aber sie würden es schon irgendwie schaffen. Und sobald das Film-projekt zu Ende war, würde er wieder nach Spanien zurückkommen. Zumindest spendete ihm diese Vorstellung etwas Trost und Zuversicht. Was letzten Endes genau passieren würde, konnte er natürlich nicht wissen. Schließlich wusste niemand, was die Zukunft bringen würde.

Am Sonntagabend, dem letzten Ferientag, holte er Lucía bei ihrer Mutter ab. Ben nutzte die Gelegenheit, um mit Carmen einen Kaffee zu trinken und sich gegenseitig auf den neusten Stand zu bringen. Ihre

Beziehung war relativ oberflächlich, aber seit ihrer Trennung stritten sie sich wenigstens nicht mehr die ganze Zeit. Während Lucía die Schulsachen packte, erzählte Ben ihrer Mutter von seinem Vorhaben, den Job in Berlin anzunehmen. Zu seiner Überraschung zeigte Carmen vollstes Verständnis für seine Pläne. Sie sagte, dass Lucía zwar traurig sein, aber auch ohne ihn klar kommen würde. Er sollte sich keine Sorgen machen und selbstverständlich würde seine Tochter ihn in den Ferien immer besuchen kommen. Ben war dankbar für die unerwartete Unterstützung. Trotz aller Verschiedenheiten, die es zwischen ihm und Carmen gab, gingen sie immer sehr respektvoll miteinander um, und das war verdammt viel wert. Sie vermieden es, über heikle Themen wie Politik, Religion oder Kleidungsstile zu sprechen und stellten immer das Wohl ihrer gemeinsamen Tochter an erste Stelle.

Bevor es wieder zurück zum Wohnwagen ging, bat er Carmen, Lucía noch nichts über den Job in Berlin zu erzählen. Er wollte abwarten, bis er eine endgültige Entscheidung getroffen und den Arbeitsvertrag unterschrieben hatte. Außerdem fühlte er sich verpflichtet, seiner Tochter die unangenehmen Neuigkeiten selbst mitzuteilen. Er mochte gar nicht daran denken, wie sie reagieren würde. Ihm wurde ganz flau im Magen – gab es etwas Schlimmeres für einen Vater, als sein eigenes Kind traurig zu machen? Am liebsten hätte er sich in eine Zeitmaschine gesetzt, um die zwei Jahre einfach zu überspringen.

Am nächsten Morgen versuchte der Wecker vergeblich, Ben und Lucía wach zu klingeln. Die beiden hatten sich an das Ausschlafen während der Ferienzeit gewöhnt und blieben trotz anhaltendem

Piepton und erstem Schultag regungslos im Bett liegen. Es dauerte bis kurz nach neun, bevor Ben langsam zu sich kam. Er wunderte sich, dass es schon so hell draußen war, warf einen Blick auf die Uhr, seufzte einmal laut und drehte sich dann zu seiner Tochter rum.

„Lucía."

Nichts.

„Lucía!"

„Was?", fragte sie, noch halb träumend.

„Wir haben verschlafen."

Erst jetzt öffnete sie ihre Augen.

„Oh."

„Ja genau, oh! Dein Unterricht hat schon längst angefangen."

Sie sprang auf und guckte raus. Die Sonne stand bereits hoch am Himmel. Ben überlegte einen Moment – es gab nun zwei Möglichkeiten: Entweder machten sie sich so schnell wie möglich fertig und fuhren mit dem Auto zur Schule, oder sie verlängerten die Ferien einfach um einen weiteren Tag. Da er keine Lust auf Hektik hatte, entschied er sich für die angenehmere der beiden Optionen.

„Weißt du was? Lass uns hier bleiben. Aber das ist nur eine Ausnahme!"

„Yippie!", rief Lucía und fiel ihrem Vater um den Hals. Auf einmal war sie hellwach.

Sie zogen sich an, machten das Bett und setzten sich draußen hin, um gemütlich zu frühstücken.

„Was sollen wir denn heute machen? Hast du irgendeinen Vorschlag?", wollte Ben wissen.

Lucía dachte nach.

„Wir können doch ein Picknick machen."

„Wo denn?"

„Hm... Am Strand?"

„Aber zum Strand können wir doch immer."

Sie dachte weiter nach – vielleicht könnten sie zu einem Strand fahren, den sie noch nicht kannten. Plötzlich hatte sie eine Idee.

„Wir können doch einen Ausflug machen. Mit dem Wohnwagen!"

Ben stutzte.

„Mit dem Wohnwagen? Du, ich weiß gar nicht, ob der noch fährt."

„Aber wir können es doch probieren. Bitte!"

Er zögerte. Viel Vertrauen hatte er in den alten VW-Bus nicht. Aber vielleicht war es tatsächlich einen Versuch wert. Wenn er wirklich bald nach Deutschland ziehen würde, wäre so ein spontanes, kleines Abenteuer nicht mehr möglich. Vielleicht sollte er einfach die Gelegenheit beim Schopfe packen und etwas Aufregendes mit seiner Tochter unternehmen. Nicht weiter nachdenken und den Moment voll ausleben.

„Also gut, warum nicht. Aber zuerst müssen wir John fragen."

„Danke!" Sie fiel ihm zum zweiten Mal an diesem Morgen um den Hals.

Ben zog los, um John zu suchen. Er ging durchs ganze Haus, in den Garten und runter zum Feld, fand ihn jedoch nicht. Nach einer Weile entdeckte er Sue im Hühnerstall. John war in die Stadt gefahren und kam erst gegen halb zwölf wieder, ihre Abfahrt verzögerte sich also noch etwas. Sie nutzten die Wartezeit und räumten den Wohnwagen auf. Anschließend setzten sie sich wieder draußen auf die gemütlichen Korbstühle und nahmen sich beide ein Buch in die Hand. Stille kehrte ein. Nach einer Weile machte Ben eine Pause und meditierte über die Zeilen, die er gerade gelesen hatte. Er starrte gerade-aus auf den

Boden. Dann zuckte er auf einmal zusammen: Mit großen Augen beobachtete er eine ungefähr zwei Meter lange Schlange, die seelenruhig nur wenige Meter entfernt an ihnen vorbei kroch. Er war sich nicht sicher, wie seine Tochter beim Anblick der Schlange reagieren würde, aber er wollte ihr den unerwarteten Gast nicht vorenthalten.

„Pssst, guck mal", flüsterte er zu ihr rüber.

Lucía schaute auf und ließ sofort ihre Kinnlade runterfallen.

„Wow!", flüsterte sie zurück. „Die ist aber groß!"

Ganz vorsichtig standen beide auf und wollten näher ran gehen, doch in dem Moment, als sie mit den Füßen den Boden berührten, haute die Schlange in Windeseile in das nächst liegende Gebüsch ab.

„Och man, warum ist die denn so schnell weg?"

„Sie hatte wahrscheinlich Angst. Hattest du denn keine Angst?"

„Ich? Nö."

Ben freute sich, dass seine Tochter nicht in Panik verfallen war, sondern der Schlange mit Neugierde begegnet war. Er selbst hatte viel Respekt vor Schlangen und er hasste es, im Sommer durch hohes Gras zu wandern, da stets die Gefahr bestand, aus Versehen auf eine drauf zu treten. Ob die Schlange giftig war oder nicht, war dabei egal – es ging um den Schockmoment, er erschreckte sich nicht gerne. Wenn er dagegen wusste, wo eine Schlange sich befand, ging er immer mit leidenschaftlichem Interesse näher ran und war fasziniert von ihrer Schönheit und Eleganz. Leider teilten nicht alle Leute seine Begeisterung für dieses einzigartige Tier. Des Öfteren hatte er gesehen, wie eine Schlange auf offener Straße totgeschlagen wurde – wahrscheinlich aus Sorge, sie könnte die gesamte Nachbarschaft ausrotten. Dabei hatte eine Schlange viel mehr Gründe, sich vor den Menschen zu fürchten, als umgekehrt. Schließlich waren es die Menschen, die den natürlichen Lebensraum der Tiere zubetonierten und anschließend alle unwillkommenen Gäste brutal vernichteten.

Während sie vor dem Gebüsch standen, um zu sehen, wo die Schlange hin gekrochen war, kam John endlich zurück. Sue hatte ihm bereits von dem geplanten Ausflug erzählt.

„Also, dann wollen wir mal sehen, ob wir die alte Kiste zum Laufen bekommen."

Er holte sein Auto, parkte es direkt neben dem Wohnwagen und schloss das Starterkabel an den beiden Batterien an.

„Jetzt ganz feste die Daumen drücken", zwinkerte er Lucía zu.

Lucía drückte so doll, dass ihre Daumen in kürzester Zeit weiß wurden. John drehte den Zündschlüssel um. Nichts. Er versuchte es erneut, der Motor stotterte etwas, doch er sprang nicht an. Lucía biss auf die Zähne und drückte noch fester. John probierte es noch einmal, dann noch einmal und dann klappte es plötzlich: Mit einer großen schwarzen Wolke erwachte der Motor zum Leben. Lucía hob jubelnd ihre Fäuste gen Himmel, das Daumendrücken hatte sich gelohnt. John stieg aus und wandte sich an Ben.

„Wo wollt ihr eigentlich hin?"

„Ich denke, wir fahren nach Tarifa."

„Okay, da braucht ihr wahrscheinlich etwas mehr als eine Stunde. Pass auf, dass dir der Motor nicht ausgeht bis ihr ankommt. Nach einer Stunde sollte die Batterie wieder aufgeladen sein."

„Super, vielen Dank!"

Vater und Tochter stiegen sofort ein. Ben legte den ersten Gang ein und steuerte den Wohnwagen vorsichtig auf die Straße. Ihr Ausflug konnte losgehen!

„Papa, jetzt sind wir wie zwei Schnecken, die mit ihrem Haus spazieren fahren."

„Ja, zum Glück sind wir aber viel schneller als zwei Schnecken, ansonsten würden wir drei Wochen bis Tarifa brauchen."

Sie fuhren die Küstenstraße entlang – auf ihrer linken Seite das Mittelmeer, auf der rechten die Berge des andalusischen Hinterlandes. Nach einer guten halben Stunde kamen sie an Gibraltar vorbei, kurz darauf durchquerten sie Algeciras, die große Hafenstadt in der Provinz Cadíz. Um Punkt ein Uhr erreichten sie Tarifa – ein kleiner Ort am Atlantik, dreißig Minuten per Schiff von Nordafrika entfernt und umgeben von wunderschönen, weißen Sandstränden. Sie beschlossen, eine Pause einzulegen und ein kleines Mittagessen zu sich zu nehmen. Es gab Pizza, was auch sonst? Als sie fertig waren und zum Wohnwagen zurückgingen, wurde Ben leicht nervös – er hoffte, dass John Recht gehabt hatte und dass die Batterie sich wieder aufgeladen hatte. Sie nahmen ihren Platz auf den Vordersitzen ein, Ben drehte den Zündschlüssel um und der Motor sprang sofort an. Er atmete erleichtert auf, alles schien in Ordnung zu sein.

Sie verließen das Ortszentrum und fuhren zehn Kilometer in Richtung Westen zu ihrem nächsten Ziel: die Halbinsel von Punta Paloma. Dort angekommen, stellten sie den Wohnwagen auf einem Parkplatz ab und machten sich zu Fuß auf den Weg zu der großen Sanddüne, die die ganze Bucht überragte. Ein frischer Wind wehte ihnen ins Gesicht, es herrschten sommerliche Temperaturen und am

Himmel war keine einzige Wolke zu sehen – es war ein perfekter Tag für einen Ausflug in die Natur! Fast den ganzen Nachmittag verbrachten sie damit, die Sanddüne hoch und runter zu laufen. Sie lachten, schrien vor Freude und verloren sich in vielen unvergesslichen Momenten.

Als sie müde wurden, verabschiedeten sie sich von der Sanddüne und machten noch einen Abstecher zu der Spitze der Halbinsel. Unterwegs begegneten sie einer Gruppe von nackten Surfern, die ihre Körper mit grünem Schlamm eingedeckt hatten.

„Wieso haben die sich so vollgeschmiert?", wollte Lucía im Vorbeigehen wissen.

„Ich glaube, der Schlamm ist gut für die Haut. Sieht doch lustig aus."

„Und warum sind die nackt?"

„Keine Ahnung. Wahrscheinlich wollten sie ihre Klamotten nicht dreckig machen. Oder vielleicht sind sie auch einfach gerne nackt."

Lucía rümpfte die Nase – sie selbst würde nie nackt im Freien rumlaufen. Manche Menschen machten wirklich seltsame Dinge.

Während sie weitergingen und die nordmarokkanischen Berge auf der anderen Seite des Meeres betrachteten, hatte Ben auf einmal einen komischen Gedanken. Gelegentlich kamen an diesem Strand Flüchtlinge aus Afrika an. Er stellte sich vor, wie es wäre, wenn genau in diesem Moment ein Flüchtlingsboot die Küste erreichen würde. Das erste, was die Afrikaner von Europa zu Gesicht bekommen würden, wären eine Handvoll schlammverschmierter Gestalten, die wild am Strand rumtanzten. Vielleicht würden sie denken, dass sie sich verfahren hatten und nicht in Südspanien, sondern auf irgendeiner gottverlassenen Insel gelandet waren. Sie würden enttäuscht umkehren und in ihrer Heimat berichten, dass der gelobte Kontinent voll von unzivilisierten Spinnern war!

Am frühen Abend kamen Ben und Lucía wieder am Parkplatz an. Es war Zeit, nach Estepona zurückzufahren, schließlich war am nächsten Tag Schule. Sie schüttelten sich den Sand aus den Klamotten, warfen einen letzten Blick auf die große Düne und betraten ihr mobiles Schneckenhaus. Als sie beide angeschnallt waren, drehte Ben den Schlüssel um. Doch zu seinem Schrecken tat sich nichts, der Motor gab keinen Mucks von sich. Ben versuchte es einige Male, doch es blieb still. Die Batterie hatte sich genauso schnell entleert, wie sie sich aufgeladen hatte.

„Und jetzt?", fragte Lucía besorgt.

„Das weiß ich auch nicht."

Ben guckte raus. Die Sonne stand rot leuchtend über dem Horizont. Er verspürte einen kurzen Moment von Panik, doch dann entspannte er sich.

„Weißt du was? Wir können doch einfach hier bleiben. Etwas zu essen und zu trinken haben wir noch, und ein Bett zum Schlafen auch. Morgen früh rufen wir dann den Abschleppdienst an."

Lucía guckte ihren Vater verdutzt an – mit dieser Antwort hatte sie nicht gerechnet. Aber eigentlich war es gar keine schlechte Idee. Vielleicht könnte sie ja sogar einen weiteren Ferientag ergaunern.

Sie stiegen wieder aus und beschlossen, zum Strand zurück zu gehen, um den Sonnenuntergang besser sehen zu können. Wenige Meter vom Ufer hockten sie sich in den Sand und starrten dem magischen Feuerball entgegen. Für eine Weile saßen sie schweigend nebeneinander und bewunderten das Schauspiel der Natur. Beide freuten sich auf die bevorstehende Nacht in Strandnähe, doch gleichzeitig waren sie auch ein wenig traurig, dass der schöne Tag bald zu Ende war. Ein Hauch von Melancholie machte sich breit. Lucía fragte sich, warum schöne Momente immer zu Ende gehen mussten.

„Papa?"

„Was denn Schatz?"

„Warum stirbt man?"

„Du, das weiß ich auch nicht so genau. Aber stell dir vor, wir würden ewig leben – das würde bestimmt irgendwann langweilig werden."

„Ich will aber nicht sterben."

„Tust du ja auch noch nicht."

„Ja, aber irgendwann schon."

„Klar, irgendwann stirbt jeder. Da kann man nichts dran ändern."

„Echt nicht?"

Ben schüttelte den Kopf.

„Die Menschen würden das zwar gerne ändern, aber bisher hat es niemand geschafft, nicht zu sterben."

Lucía grübelte einen Moment.

„Was passiert eigentlich, wenn man tot ist?"

„Keine Ahnung, ich war ja noch nie tot. Manche sagen, dass man in den Himmel kommt. Andere denken, dass man einfach aufhört, zu existieren."

Eine große Welle kam angespült und berührte ihre Füße.

„Was meinst du denn selbst, was passiert?"

Er bekam ein Schulterzucken als Antwort.

„Hast du schon mal jemanden gesehen, der tot ist?", fragte Lucía neugierig.

„Ja, meinen Opa."

„Und, wie war das?"

„Nicht so aufregend. Er war halt tot. Ganz kalt und

starr. Aber eigentlich war es auch gar nicht mehr mein Opa, sondern lediglich sein Körper. Ich kann dir leider nicht sagen, wo er hingegangen ist, aber mein Opa, so wie ich ihn kannte, war nicht mehr da."

Lucía hätte allzu gerne gewusst, wo die Menschen hinkamen, wenn das Leben vorbei war. Sie war schon immer vom Tod fasziniert gewesen. Jedes Mal, wenn sie hörte, dass jemand gestorben war, bekam sie ganz große Ohren und wollte alles genau wissen. Ihren Vater verwunderte das immer. Aber vielleicht war es normal für Kinder, ein gesundes Interesse für das Unbekannte zu haben – bevor die Gesellschaft ihnen die krankhafte Angst vor dem Tod lehrte.

„Was glaubst du, was schöner ist: zu leben oder tot zu sein?"

Ben atmete einmal tief durch.

„Also momentan finde ich das Leben schöner. Aber wer weiß, vielleicht ist der Tod sogar noch besser. Könnte doch sein, oder?"

Lucía nickte.

„Wenn der Tod besser ist, dann braucht man auch keine Angst vor ihm zu haben."

„Das stimmt."

Sie schwiegen für eine Weile, während sie die untergehende Sonne bestaunten.

„Manche Menschen glauben, dass das Leben nach dem Tod gar nicht aufhört", fuhr Ben fort. „Sie glauben, dass man neu geboren wird, dann wieder stirbt, dann wieder neu geboren wird, und immer so weiter."

„Echt?"

„Echt. Manche sagen sogar, dass man auch als Tier wiedergeboren werden kann."

„Als Tier?"

Lucía fand diesen Gedanken etwas beängstigend.

Was, wenn sie als Mücke wieder auf die Welt kommen würde? Oder als Ratte? Nein, das war bestimmt Quatsch.

„Irgendetwas passiert mit Sicherheit, wenn man stirbt. Wir wissen nur nicht, was. Guck dir doch zum Beispiel die Sonne an: Sie geht gerade unter, das bedeutet das Ende des Tages. Gleichzeitig bedeutet es aber auch den Anfang der Nacht. Und wenn die Nacht stirbt, gibt es einen neuen Tag. Warum sollte das mit dem Leben anders sein?"

Ben musterte seine Tochter von der Seite. Sie zog ihren Mund hin und her und schien nicht sehr überzeugt zu sein von der Idee mit der Wiedergeburt.

„Weißt du, der Tod ist eigentlich nur eine weitere Veränderung. Im Leben gibt es viele Veränderungen – die Schule hört auf, man zieht um, Beziehungen gehen in die Brüche, Jobs enden. Das sind alles kleine Tode. So gesehen ist es gut, dass alles irgendwann stirbt, denn wenn nichts zu Ende gehen würde, dann könnte auch nichts Neues anfangen."

„Aber es ist doch traurig, wenn etwas zu Ende geht."

„Natürlich ist es das. Aber es ist auch schön, wenn etwas Neues beginnt."

Für einige Momente war es ruhig, nur die leichte Brise und die ankommenden Wellen waren zu hören.

„Schatz", fuhr Ben nach einer Weile fort, „das mit dem Sterben ist schon blöd, das stimmt. Aber wir können halt nichts dran ändern – ob wir wollen oder nicht, wir müssen den Tod einfach akzeptieren. Aber weißt du, was wir ändern können?"

„Was denn?"

„Das Leben! Wir können versuchen, es zu lieben, glücklich zu sein und jeden einzelnen Tag zu genießen. Um den Tod werden wir uns noch früh genug kümmern können. Bis dahin ist es besser, Freude daran zu haben, lebendig zu sein."

„So wie jetzt", fügte sie hinzu.

„Genau, so wie jetzt!"

Beide guckten sich an und lächelten zufrieden.

Sie blieben noch eine Weile am Ufer sitzen und genossen den Einzug der Nacht. Als es zu kalt wurde, stand Ben auf.

„Komm, lass uns nach Hause gehen."

„Nach Hause?", fragte Lucía verwundert. „Ich dachte, wir bleiben hier."

„Tun wir ja auch. Aber für heute Nacht ist hier unser Zuhause."

Ben dachte an einen alten Freund, den er auf einer seiner Reisen kennengelernt hatte. Dieser war viele Jahre um die Welt gefahren und hatte immer in einem Zelt gewohnt. Egal, wo er war – wenn er das Zelt an einem neuen Ort aufgebaut hatte und es betrat, hatte er immer leise zu sich selbst ‚Willkommen daheim' gesagt.

„Ein Zuhause muss ja nicht unbedingt ein Haus sein. Es kann dort sein, wo man gerade ist. Dort, wo man sich Zuhause fühlt."

Lucía stand nun ebenfalls auf, gab ihrem Vater die Hand und zusammen gingen sie zum Wohnwagen zurück. Beide waren dankbar, dass sie am Morgen den Wecker nicht gehört hatten. Es war einer dieser wundervollen Tage gewesen, für die es sich zu leben lohnte.

Der Abschleppdienst kam um viertel vor acht, fünf Minuten später sprang der Motor an und um kurz vor halb zehn waren sie zurück in Estepona. Lucía hatte gehofft, dass sie später ankommen würden – sie hätte liebend gerne die Ferien um einen weiteren Tag verlängert. Doch dieses Mal machte Ben zu ihrer Enttäuschung keine Ausnahme: Sie tauschten den Wohnwagen gegen sein kleines Auto, rauschten über die Autobahn in Richtung Málaga und krochen den steilen Berg zur Schule hoch. Oben angekommen nahm Lucía ihre Sachen und rannte in die Klasse. Ben winkte ihr noch kurz hinterher und ließ dann den überhitzten Wagen langsam den Berg runter rollen.

Zurück in Estepona räumte er zuerst den alten VW-Bus auf, danach setzte er sich an seinen Computer, schaute einige Emails durch und surfte eine Weile ziellos im Internet. Er versuchte, sich irgendwie abzulenken, doch er konnte das Datum auf dem Kalender nicht ignorieren: Es war der Tag, an dem er den Job in Berlin entweder annehmen oder absagen musste. Gegen Mittag griff er endlich schweren Herzens zum Telefon – die Zeit war gekommen, eine Entscheidung zu treffen. Er zögerte ein letztes Mal, dann wählte er die Nummer der Filmproduktions-firma und sagte zu.

Als er wieder aufgelegt hatte, fühlte er kurzfristig Erleichterung, doch dann öffnete sich unter ihm ein großes schwarzes Loch voller Zweifel. Zehn Tage später musste er bereits in Berlin sein, der nächste Montag würde also der vorerst letzte Tag mit seiner Tochter werden.

Eine geschlagene Stunde verbrachte er damit, wie

gelähmt aus dem Fenster zu starren. Obwohl seine finanziellen Sorgen nun verschwunden waren, fühlte er sich nicht wirklich glücklich. War es die richtige Entscheidung gewesen? Würde der Job in Berlin das halten, was er sich von ihm versprach? Würde sein berufliches Abenteuer es wert sein, viele einzigartige Momente mit seiner Tochter zu opfern? Ben hielt seinen schweren Kopf in den Händen, seufzte und zweifelte, und mit jedem Gedanken fiel er tiefer in das große schwarze Loch unter ihm. Als ihm vor lauter Grübeln schwindelig wurde, beschloss er, einen Spaziergang am Strand zu machen. Er sehnte sich nach frischer Luft und hoffte auf die heilende Kraft des Meeres.

Auf dem Weg zum Auto machte er einen Schlenker in die Küche, um seine Wasserflasche aufzufüllen. Er spazierte an den Orangen- und Zitronenbäumen vorbei, den kleinen Hang hoch und über die Terrasse in Richtung Haus. Kurz bevor er ankam, knallte und schepperte es auf einmal, als wäre ein ganzes Tablett mit Gläsern runtergefallen. Er beschleunigte seine Schritte, um zu sehen, ob alles in Ordnung war. Als er durch den Türrahmen lief, hörte er plötzlich ein leises Stöhnen, das schnell lauter wurde. Sein Instinkt befahl ihm, auf der Stelle halt zu machen und umzukehren, doch es war bereits zu spät. Ben stand in der Küche und blickte fassungslos geradeaus: Sue lag auf der weißen Marmorplatte und John stand direkt vor ihr, beide waren nackt und kochten förmlich vor Leidenschaft. Der gesamte Boden war in Scherben eingedeckt und aus dem Toaster stieg dunkler Rauch auf. Sue schlug sofort die Hände über dem Gesicht zusammen, während John sich wütend zu dem unerwarteten Gast umdrehte:

„Ay, ich dachte du bist in Tarifa", schrie er ihn an.

Ben war zu einer Salzsäule erstarrt und brachte kein Wort hervor. Er war heilsfroh, dass Lucía in der Schule war und ihr dieser Anblick erspart geblieben war.

„Ich gehe dann mal besser wieder", sagte er schließlich und drehte sich schnurstracks um. Er verließ das Schlachtfeld und schüttelte ungläubig den Kopf. ‚Verdammte Hippies!', die konnten auch keine Gelegenheit ungenutzt lassen.

Er fuhr zum Strand runter, zog seine Schuhe aus und ging barfuß am Ufer entlang. Die schockartige Begegnung in der Küche hatte ihn etwas aus seinem Loch rausgerissen, doch richtig gut fühlte er sich immer noch nicht. Er war traurig und verspürte tiefe Melancholie – alles schien mit einem Male zu Ende zu gehen. Sein Buch war bereits fertig, Montage mit Lucía würde es bald nicht mehr geben, den Wohnwagen ebenso wenig und auch John und Sue würden aus seinem täglichen Leben verschwinden. So sehr sie ihm manchmal auch auf den Keks gehen konnten, bei ihnen war es wenigstens nie langweilig. Mal fiel der Weihnachtsmann von einem Esel, mal legte ein falsch abgesägter Baum die Strom-versorgung lahm und mal wurde fröhlich in der Küche gevögelt. Es würde mit Sicherheit nicht lange dauern, dann würde Ben das verrückte Chaos vermissen. Nach einigen Wochen Regen und grauem Himmel würde ihm vermutlich sogar die penetrante andalusische Sonne fehlen.

Am späten Nachmittag erreichte er den Hafen von Estepona. Er schlenderte umher, vorbei an Yachten und alten Fischkuttern, und dachte weiter darüber nach, ob es die richtige Entscheidung gewesen war, den Job in Deutschland anzunehmen. Natürlich hatte er Lust auf die neue berufliche Herausforderung, aber seine Zweifel wollten einfach keine Ruhe geben und sein Bauchgefühl sagte ihm, dass etwas nicht stimmte. Während er versuchte, sich trotzdem mit seiner Entscheidung anzufreunden, wurde er plötzlich von lautem Geschrei aus seinen Gedanken gerissen.

„...wenn du meinst, dass du mich beklauen kannst, dann täuscht du dich aber gewaltig!", schimpfte ein älterer Mann mit hoch rotem Kopf. „Hau bloß ab!"

Der Mann stand auf einer großen Segelyacht und schrie einen jungen Kerl an, der gerade dabei war, das Boot fluchtartig über den Steg zu verlassen und dabei um ein Haar im Hafenbecken landete.

„Wenn ich dich hier nochmal sehe, rufe ich die Bullen, merk dir das!"

Ben blieb stehen und verfolgte das ungewöhnliche Schauspiel. Als sich der Jüngere der beiden entfernt hatte und Ruhe eingekehrt war, trafen sich Bens Blicke mit denen des Yachtbesitzers.

„Was für ein Scheißtag!", hallte es von dem Bootsdeck.

Ben nickte zustimmend, auch er hatte glücklichere Tage erlebt. Der Yachtbesitzer musterte ihn einen Moment, dann winkte er ihn zu sich rüber.

„Für schlechte Tage gibt es nur eine Lösung: Gin&Tonic! Auch einen?"

„Wer, ich?"

„Wer denn sonst?"

Ben drehte sich misstrauisch um, sah aber sonst niemanden. Etwas Alkohol war für seine niedergeschlagene Stimmung vielleicht genau das richtige Mittel. Da er gerade sowieso nichts anderes vorhatte, nahm er die Einladung dankend an und betrat mit einem großen Satz das schaukelnde Boot. Zu diesem Zeitpunkt ahnte er noch nicht, was für weitreichende

Konsequenzen dieser Schritt mit sich bringen würde. Zufall oder nicht – es war ein Moment, der alles ändern sollte.

Eine knappe Woche später war es dann soweit: Der letzte Montag war gekommen. Ben erschien pünktlich an der Haltestelle, da er keine Lust gehabt hatte, sich erneut mit dem Busfahrer anzulegen. Lucía stieg gut gelaunt aus und zusammen fuhren sie zum Wohnwagen.

Der Nachmittag nahm den gewohnten Lauf: Zum Mittagessen gab es überbackene Käsebrote und anschließend folgten die Hausaufgaben. Als Lucía fertig war, setzten sie sich draußen auf die Korbstühle und genossen die warmen Sonnenstrahlen. Nach einiger Zeit fühlte Ben, dass der Moment gekommen war, vor dem er sich so lange gefürchtet hatte.

„Schatz, ich muss dir was erzählen", sagte er mit ernster Stimme.

„Was denn?", fragte Lucía leicht besorgt.

Er schaute sie eine Weile schweigend an.

„Papa, jetzt sag schon!"

Ben atmete einmal tief durch.

„Ich habe ein Jobangebot aus Deutschland bekommen."

Jetzt war es Lucía, die schwieg. Sie wusste nicht, ob sie direkt losheulen oder einfach weglaufen sollte. Vorerst entschied sie sich jedoch für keine der beiden Optionen.

„Und wann kommst du zurück?", wollte sie wissen.

„Gar nicht", antworte Ben mit beängstigender Gleichgültigkeit.

„Gar nicht? Wie meinst du das?"

„So wie ich es sage."

Er merkte, wie seine Tochter innerlich erstarrte. Vielleicht sollte er das Spiel beenden, bevor sie anfing, ernsthaft zu leiden.

„Ich komme nicht zurück, weil ich überhaupt nicht weggehe."

Lucía guckte ihn völlig verwirrt an. Sie verstand nicht, was er ihr sagen wollte.

„Also: ich hatte in der Tat ein Jobangebot aus Berlin, und ich habe es nach langem Überlegen auch angenommen. Dann habe ich vor ein paar Tagen aber wieder abgesagt."

Sie zog ihre Augenbrauen zusammen.

„Versteh ich nicht."

„Ja, das hört sich etwas komisch an, gebe ich zu. Ich brauchte halt unbedingt einen neuen Job, und als das Angebot aus Deutschland kam, dachte ich, das würde mir gut tun. Du weißt doch, dass mir Spanien manchmal auf die Nerven geht."

Sie nickte. Ihr selbst ging Spanien auch öfters auf die Nerven. Vor allem die Schule.

„Und wie willst du dann jetzt Geld verdienen?", fragte sie vorsichtig. Sie ahnte nichts Gutes – wahrscheinlich würden sie bald in einem Zelt leben müssen, das hatte ihr noch gefehlt.

„Mit einem anderen Job. Auf einem Boot!"

Eine knappe Woche zuvor hatten sich der Yachtbesitzer und Ben gegenseitig ihr Leid geklagt, mit Hilfe einer halben Flasche Gin. Der eine hatte kurz vor Saisonbeginn seinen einzigen Helfer rausgeworfen, der andere hatte vor Ort keinen interessanten Job gefunden und sah sich gezwungen, sein Glück in der Ferne zu suchen. Es hatte nicht lange gedauert, bis die beiden gemerkt hatten, dass die Lösung ihrer Probleme direkt vor ihnen saß. Als der Yachtbesitzer herausfand, dass Ben auf einer seiner Reisen bereits auf einem Segelboot gearbeitet hatte, machte er ihm ein attraktives Angebot: Den ganzen Sommer über sollte er ihm helfen, Touristen übers Meer zu segeln. Ben hatte nur kurz nachdenken müssen und dann sofort zugesagt. Es war eine spontane Bauchentscheidung gewesen, die sich viel besser anfühlte, als der Job in Berlin. Der Yacht-besitzer hatte ihm sogar eine kleine Wohnung direkt am Hafen angeboten, Ben würde also sechs Monate Geld sparen können, mit einer Arbeit, die ihm Spaß machte. Und das Beste war natürlich, dass er sich nicht von seiner Tochter verabschieden musste.

„Leben wir dann auf einem Boot?"

„Nein, wir ziehen wieder in eine Wohnung."

„Ehrlich?"

Lucía begann, sich zu freuen, traute den Worten ihres Vaters allerdings noch nicht ganz.

„Ehrlich."

Sie sprang ihm um den Hals. Was für ein Glück! Lucía atmete erleichtert auf – bei dem Gedanken an einen möglichen Umzug in ein Zelt oder ein Boot hatte sich ihr Magen umgedreht. Sie hatte schon die abfallenden Kommentare ihrer Mutter und ihrer Oma gehört. Und nun das: wieder eine richtige Wohnung!

Ben war ebenfalls erleichtert. Nicht, weil er froh war, endlich aus dem Wohnwagen auszuziehen, sondern weil er seiner Tochter keine schlechten Nachrichten hatte mitteilen müssen. Aus Mangel an guten Alternativen war er bereit gewesen, den Job in Deutschland anzunehmen. Als sich dann aber auf einmal eine dritte Option geboten hatte, hatte sich seine Situation schlagartig geändert. Bestimmt wäre die Arbeit bei der Filmproduktionsfirma interessant gewesen, doch einen Sommer lang gut bezahlt auf dem Mittelmeer herum zu schippern – da konnte man schlecht ‚nein' sagen.

„Nur das mit den Montagen geht nicht mehr."

„Warum?"

„Weil ich ab jetzt montags arbeiten muss. Wie wäre es mit dienstags?"

„Dienstags ist auch gut."

„Super, dann sehen wir uns ab nächster Woche jeden Dienstag in der Wohnung."

Beide lächelten zufrieden – das Leben konnte manchmal richtig schön sein.

„Hast du Lust, heute reiten zu gehen? Pedro meinte, es gibt eine neue Lehrerin."

Lucía nickte aufgeregt. Der Tag wurde immer besser!

Sie verbrachten noch eine Weile draußen vor dem Wohnwagen, bevor sie sich am späten Nachmittag zum Reiterhof aufmachten. Abends kochten sie ein leckeres Risotto und dann spielten sie noch eine Runde ‚Mensch ärger dich nicht'. Als es Zeit wurde, ins Bett zu gehen, nahm Lucía ihre Zahnbürste und verschwand in Richtung Badezimmer. Während sie den kleinen Hang hochlief, blickte Ben ihr hinterher. Ein tiefes Gefühl von Glück und Dankbarkeit machte sich in ihm breit – er fühlte, dass er die richtige Entscheidung getroffen hatte. Natürlich war er davon überzeugt, dass die Beziehung zu seiner Tochter keinen schwerwiegenden Schaden erlitten hätte, wenn er nach Berlin gegangen wäre. Aber die Zeit, die sie nicht miteinander verbracht hätten, wäre für immer verloren gewesen. Lucía war neun, aus Bens Sicht war es ein perfektes Alter – weit weg von stinkenden Windeln und noch einige Jahre von der Pubertät entfernt. Wenn sie erst mal dreizehn oder vierzehn war, würde sie sowieso lieber mit ihren Freundinnen zusammen sein wollen, als ständig ihren

Vater zu besuchen. Vielleicht wäre dann ein guter Moment für ihn, nach Deutschland zurückzukehren und sich voll und ganz seiner beruflichen Karriere zu widmen. Doch soweit wollte er noch gar nicht denken – vorerst blieb er, wo er war. Wenn er es schaffen würde, im Sommer genügend Geld zu sparen, könnte er sich vielleicht als Fotograf selbstständig machen. Vielleicht würde er in die Nähe seiner Tochter ziehen, oder vielleicht sogar auf dem Boot überwintern... Die Zukunft war wie immer ungewiss. Das Einzige, auf das er sich verlassen konnte, war der nie abreißende Strom an neuen Möglichkeiten!

Als Lucía vom Zähneputzen zurückkehrte, legte sie sich ins Bett und bekam noch ein paar Seiten aus ihrem Lieblingsbuch vorgelesen. Es dauerte nur wenige Minuten, bis sie müde wurde und zu gähnen anfing. Kurz darauf fielen ihre Augen zu. Ben legte das Buch weg und wollte gerade das Licht ausmachen, als sich seine Tochter doch noch einmal zu Wort meldete.

„Meine Mama hat gesagt, dass ich irgendwann auch mal ein Jahr in Deutschland zur Schule gehen kann. Dann können wir da zusammen hin."

„Das ist eine prima Idee von deiner Mama! Dann bräuchtest du auch nicht mehr jeden Tag mit dem Bus den blöden Berg hoch. In Deutschland fahren nämlich fast alle Kinder mit dem Fahrrad zur Schule."

„Echt?"

Ben nickte.

„Aber ich hab doch gar kein Fahrrad", stellte sie enttäuscht fest.

„Keine Sorge – wenn wir nach Deutschland ziehen, dann bekommst du natürlich eins. Wenn du willst sogar ein rosafarbenes."

Lucía strahlte ihren Vater überglücklich an.

„Weißt du was?"

„Was?"

„Du bist der beste Papa, den es gibt!"

Ein leichter Windzug berührte die Fenster, während sich Bens Augen mit Tränen füllten.

„Und du bist die beste Tochter, die es gibt!"

- -

Am darauf folgenden Montag arbeitete Ben bereits auf der Segelyacht. Es war Ende April. Als er gegen Abend die letzten Sachen unter Deck brachte, kam auf einmal Manu zu Besuch, sein Freund der Förster. Er war in der Nähe gewesen und hatte es sich nicht nehmen lassen, Bens neuen Arbeitsplatz kennen zu lernen.

„Nicht schlecht", staunte er, „und viel besser, als in einem Büro zu hocken."

Er steckte sich eine Zigarette an und reichte Ben die Packung rüber.

„Nein danke, hab aufgehört."

„Ach echt? Seit wann das denn?"

„Vor ein paar Tagen. Ich hatte mir vorgenommen, aufzuhören, sobald das Buch fertig ist. Und jetzt habe ich leider keine Ausrede mehr, weiter zu rauchen."

„Du bist schon fertig mit dem Buch?"

Ben nickte stolz. Er konnte es selbst kaum glauben, dass er es tatsächlich geschafft hatte.

„Krass! Jetzt hast du also ein Kind gezeugt, einen Baum gepflanzt und ein Buch geschrieben. Du weißt, was das bedeutet, oder?"

„Nein, keine Ahnung."

„Dass du unsterblich bist!"

„Im Ernst? Wer sagt das denn?", wunderte sich Ben.

„Weiß ich nicht, hab ich mal gelesen."

„Na dann."

Manu rauchte seine Zigarette zu Ende und kurz darauf verschwand er genau so plötzlich und unerwartet, wie er gekommen war. Ben blieb alleine auf dem Boot zurück und wurde nachdenklich. Unsterblich sollte er nun also sein? Selbst wenn es so wäre – wollte er das überhaupt? War Unsterblichkeit wirklich erstrebenswert? Er bezweifelte, dass das Leben besser wäre, wenn es nie enden würde. Natürlich war es schön, zu wissen, dass er einige Samen gesetzt hatte: Ein Kind, das vielleicht eigene Kinder haben würde, ein Baum, der Früchte tragen und ein Buch, das gelesen werden würde. Doch was änderte das an der Tatsache, dass er eines Tages selbst auch sterben würde, genau wie alle anderen Menschen? Und wenn er nicht mehr da war, was würde ihm dann der Status der Unsterblichkeit nutzen?

Ob er wollte oder nicht – alles war vergänglich. Sowohl das eigene Leben, als auch Kinder, Bäume und Bücher. Nichts konnte er festhalten, nichts war für die Ewigkeit. Das Einzige, was er besaß, war der Moment – das Hier und Jetzt. Wen interessierte also Unsterblichkeit? Um wirklich glücklich zu sein, musste er versuchen, das Beste zu machen aus dem kostbarsten Gut, das der Mensch besaß: seine begrenzte Lebenszeit.

Vom selben Autor:

www.derkleinebuddha.com